（加上傳說兩字的話，不管是什麼都會變得煞有其事呢。）

雪女
_Yukime
「奴家只是想跟您好好相處喲。」
加格諾
_Juggernaut
「我的直覺可是很準的。」

「情況開始失控了……」
「『紅月』……還沒開始嗎？」
克里姆森
_Crimson
瑪莉
_Mary
The Eminence in Shadow
t remember the moment anymore.
I had desired to become "The Eminence in Shadow"
since I could remember.
nime, manga, or movie? No, whatever's fine.
ould become a man behind the scene,
n't care what type I would be.

闇影
Shadow
「我就稍微
認真
好了……」

伊莉莎白
_Elisabeth
The Eminence in Shadow

貝塔
_Beta
紐
_Nu

The Eminence in Shadow

阿爾法
_Alpha

戴爾塔
_Delta

「這就是他眼中所見的景色嗎……好美麗啊。」

伽瑪
_Gamma

The Eminence in Shadow

03

我想成為影之強者！
逢沢大介 作者
東西 插畫
03
我想成為影之強者！
Kadokawa Fantastic Novels

Not a hero, not an arch enemy,
but the existence intervenes in a story and shows off his power.
I had admired the one like that, what is more,
and hoped to be.
Like a hero everyone wished to be in childhood,
"The Eminence in Shadow" was the one for me.
That's all about it.

The Eminence in Shadow

I can't remember the moment anymore.
Yet, I had desired to become "The Eminence in Shadow"
ever since I could remember.
An anime, manga, or movie? No, whatever's fine.
If I could become a man behind the scene,
I didn't care what type I would be.
Not a hero, not an arch enemy,

序章

在秋季連假前往無法治都市吧！

The Eminence in Shadow
Volume Three

Prologue

武心祭最後由克萊兒姊姊奪冠。

因為學生會長蘿絲中途亂入，我原本不知會如何收場，但那時有機會即興做出一場精彩的表演，真是太好了～

當眾人的注意力全都放在蘿絲身上的時候，察覺到「咦，這好像可行喔？」的我，將瞬間浮現的靈感付諸實行，一躍成為全場的焦點。

太完美了。

這個世界不停在轉動，人們也總是懷抱著各自的想法生活著。舞台可不會每次都照著劇本走。之後，我必須更注重彈性思考，努力培養出能夠對應任何情況的即興表演能力。

於是，在武心祭結束後，王都也恢復了一般日常。

奧里亞納王國的紛紛擾擾，雖然讓部分人士疲於奔命，但這跟身為普通貴族的我無關。第二學期也在這樣的情況下開始。

現在，奧里亞納王國內部的勢力似乎分裂成兩大不同派系。這兩派人馬互相仇視，今年可能就會發生內亂的謠言也鬧得沸沸揚揚。要是真的發生內亂，請務必讓我插花一下喔。我好期待啊～

少了蘿絲學生會長的學園一如往常。

雖然有點可憐，但現實就是這麼一回事吧。

那起事件被謠傳成感情問題引發的殺機，或是王位繼承紛爭等層次很低的糾紛，至今真相仍未明。無論理由為何，我都支持蘿絲走她自己選擇的路，希望她現在也好好地活在某處。

拿下冠軍後，姊姊似乎忙碌了好一陣子。她有時去拜訪權貴人士、有時去參加宴會，過著幾乎跟上流人士沒兩樣的生活。不過，在秋季連假開始前，這樣的生活終於告一段落，她也得以重返學園。

她搖身一變，成了當紅炸子雞。

然後，閒下來的姊姊開始每天糾纏我，逼不得已，我只好替她舉辦一場慶祝她大會優勝的餐會。

因此，我現在正在四越商會集團旗下的餐廳裡，和姊姊共進晚餐。

我訂的明明是「期間限定！超廉價窮人愛心餐」，但不知為何，桌上卻出現了滿漢全席。真是不可思議。

「沒想到你竟然這麼闊氣呀。即使是王城裡的宴會，也看不到這麼豪華的餐點呢……」

看著滿桌豐盛佳餚的姊姊這麼說。

而且，這裡還是超級ＶＩＰ才能使用的包廂。

我以為店家把我跟其他人搞混了，所以趁著去上廁所的時候詢問了店員，結果似乎沒有弄錯。

想到之後可能會被要求支付令人咋舌的一筆費用，我不禁心驚膽跳。

啊，既然是四越商會的集團，或許有可能是伽瑪的友情招待？

「其實，四越商會的會長是我朋友喔。」

「騙人。」

「是真的啦。一定是因為這樣，她才特別招待我們。」

「要開玩笑的話，就說點更有趣又好懂的玩笑吧。不用擔心，我沒有在懷疑你。我很清楚你是為了我而做這番努力。」

姊姊微笑著這麼說。

好久沒看到心情這麼好的姊姊了。也罷，事實是怎樣都無所謂啦。

「我很喜歡四越餐廳的餐點。因為都是讓人耳目一新又非常美味的食物。啊！我是第一次吃烤牛肉呢。」

「哦～」

就這樣，我和姊姊一起享受著晚餐。

「安妮蘿潔敗退、愛麗絲大人中途棄權、叫做吉米那的莫名其妙傢伙失去參賽資格。我能拿下冠軍，只是運氣比較好罷了。」

「就是說啊。」

「給我否定啦。」

「沒這回事。姊姊是憑實力拿下冠軍！」

「沒錯，我當然是憑實力。但社會大眾似乎不這麼想。」

「嗯，我想也是啦。」

「重來。」

「竟然不承認姊姊的實力，這些社會大眾真是太沒眼光了！」

「沒辦法呀，平民老百姓就是這樣。不過，我可不是被別人瞧不起，還能悶不吭聲的女人。」

「姊姊，我覺得妳還是端莊嫻淑一點比較好呢。」

「我真的要生氣嘍。」

「一群愚民！得讓他們徹底理解姊姊的實力和美貌才行！」

「我正有此意。所以，你得協助我。」

「不要。」

「不可以不要。這麼做也是為了你好。」

「為了我好？」

「沒錯。你畢業後有什麼打算？憑這種不上不下的成績，可沒辦法找到一份好工作喔。」

「就算妳這麼問，我也……」

這麼說來，我確實沒怎麼考慮過畢業以後的事呢。因為卡蓋諾家會由姊姊繼承，所以我必須另謀出路才行。

騎士團這種高調的地方，感覺不是我想待的。

更符合路人形象的工作……對了。

「我想當守門人A。」

就是負責和主角之類的講「不付通行費就不讓你過去喔」的人。

「守門人A？那個A是什麼意思？」

「大概是代表『普通』的意思吧。」

「我說你啊～守門人這種工作，可不是貴族該做的耶。而且那是一天只有兩個人輪班、幾乎沒有休假、錢少事多的工作呢。」

「啊～這樣嗎……」

不能休假很討厭呢。這樣會影響到影之強者那邊的行動計畫。

「監獄的獄卒之類的呢？」

「更糟糕。是必須面對一堆人渣的工作。」

「嗯～……哎呀，將來的事情將來再決定就好了。只要能做自己想做的事，將來從事什麼樣的工作我都無所謂。」

「你想做的事是什麼啊？」

「祕密。我不會把自己真正重要的事情告訴任何人。」

「好好好，其實你根本沒有什麼想做的事吧？不要說一些不切實際的話，然後把問題拖著不解決啦。」

「為什麼會變成這種結論啊。」

「你回顧一下自己過去的言行，應該就能明白了吧？」

「算了，沒差。」

「當然有差。這關係到你的未來耶。把秋季連假空下來吧。只要照我說的去做，我會想辦法把你塞進騎士團裡。」

「妳打算做什麼啊？」

「呵呵！吸血鬼始祖『噬血女王』的討伐行動就要開始了。你只要躲在我身後就好。」

姊姊無畏地笑著。

用過晚餐後，我們並肩走在夜晚的王都街道上。

結帳時，我掏錢給服務人員，對方卻說不用。

這果然是伽瑪的友情招待吧。不過，也有可能是在武心祭拿下冠軍的姊姊才能享受的服務。

總覺得有點難下判斷。

「已經過了宿舍的門禁時間了呢。」

「我早就以參加宴會為由，向宿舍取得晚歸的許可了。」

「不愧是姊姊。」

夜晚的街頭不可思議的寧靜。

不自覺抬頭的我，發現夜空中高掛著一道弦月。不知為何，今晚的月亮……看起來似乎比平常更紅。

「怎麼了？」

姊姊開口問道。

「感覺月亮的顏色比平常更紅。」

「會嗎？我覺得看起來差不多啊。」

「或許吧。仔細想想，不管月亮是紅色或藍色，都不是什麼大問題。」

不過，紅色的月亮感覺比較帥氣——我這麼想著。

「剛才『噬血女王』的話題說到一半呢。」

「好像是。」

「你應該也知道，這陣子『噬血女王』麾下的成員離開無法治都市，在外頭引發了一些事情。」

哦～我不知道。

「無法治都市周遭的國家相當重視這個問題，因此向魔劍士協會提出討伐『噬血女王』的委託。」

「嗯嗯。」

「協會召集了一群菁英魔劍士組成討伐部隊。不過，因為個人主張強烈的成員占多數，雖說是部隊，但恐怕很難齊心協力合作吧。」

「噢噢。」

「也因為這樣，我才能順道把你一起帶去。你不用擔心，待在安全的地方看著就好，其他事情我會處理。沒問題的，只要向上頭呈報說你負責從旁輔助我，你也能獲得功勞。」

「原來如此。」

「只要在這次的行動中立下功績，要把你塞進騎士團就輕而易舉。之前參加宴會時，我已經跟近衛騎士團的團長打好關係了。如果你有這個意思，我可以幫你跟他說點好話。」

「嗯～」

「討伐行動應該會在秋季連假時展開。有些急性子可能已經先行出發了，但我想沒有必要操之過急。」

就在這時，一股血腥味隨風而來。腥味非常重，可能有人死了。

晚了半拍後，姊姊也察覺到這個異狀。

「有血腥味。感覺離這裡很近。」

姊姊停下腳步，緊盯著一旁的暗巷。

「你跟在我後面過來。」

「我知道了。」

姊姊將手按上腰間的劍，朝暗巷踏出步伐。

我在一段距離後跟上。

朝裡頭走沒幾步，我們便發現暗巷深處有個蜷縮的黑影。

一陣咀嚼聲傳入耳中。

嗯，果然已經死了。

「……！」

姊姊按捺住錯愕的尖叫聲拔劍。

那個黑影也察覺到我們而轉過頭來。

那是個渾身沾染鮮血的人。

不，不對。

「牠」的雙眼紅如血，尖牙從茫然張開的口中探出。

鮮紅的唾液滴在石板路上。

吃剩的人類殘骸凌亂散落在「牠」的腳邊。

「拋下你的武器投……！」

「啊啊啊啊啊啊！」

「牠」齜牙咧嘴地朝姊姊撲了過來。

那不像人類的動作，而是更接近野獸。

姊姊的劍在月色下閃耀光芒──然後將「牠」的胴體一刀兩斷。

「我已經忠告過你了。」

姊姊對著被劈成兩半的「牠」這麼說。

然而──

「還活著……？」

只剩上半身的「牠」在地面匍匐前進，伸出手揪住姊姊的腳。
「啊啊啊啊……」
「真纏人！」
姊姊揮劍砍斷了「牠」的頸子。
「牠」的腦袋在石板地上滾了幾圈，同時，一口尖牙也不停發出喀喀的咬合聲響。
虛弱地盯著姊姊的一雙血紅眸子，在片刻後失去光輝而沉寂下來。
暗巷裡滿溢著嗆鼻的濃濃血腥味。
「這是食屍鬼……難不成是『噬血女王』的……？」
儘管有著人類的外型，但「牠」的肌膚是毫無血色的一片慘白，還有著鮮紅的雙眼和一口尖牙。
動作近似於野獸，生命力感覺也很強韌。
不過，看來八成毫無理性可言吧。
「我記得食屍鬼是吸血鬼的部下來著？」
雖然對食屍鬼不太有興趣，但不知道吸血鬼的實力有多強？
「怪物……」
姊姊垂著頭輕聲開口。
「姊姊……？」
「食屍鬼原本也是人類吧……」

「應該是。」

「我最近開始感到害怕。想著自己哪天會不會也變成這副德性，變成失去理性的怪物……」

「姊姊原本就沒有理性這種東——」

「——給我閉嘴。蘿絲公主似乎是〈惡魔附體者〉……雖然只是謠傳而已。可是……雖然不曾跟任何人說過，但我……說不定也是〈惡魔附體者〉……」

「嗯？〈惡魔附體者〉？」

是我以前替她治好的那種症狀嗎？

「以前，我的背上曾經長出黑斑。因為很害怕，我沒把這件事告訴任何人，那塊黑斑就這樣愈變愈大。但從某天開始，症狀突然逐漸好轉，當我發現的時候，黑斑已經完全消失了，彷彿一場夢那樣。當初，我想著『太好了，治好了嗎』而放下心來。然而，最近深入調查相關資料後，我才知道〈惡魔附體者〉似乎是治不好的。倘若那塊黑斑就是〈惡魔附體者〉的證據，那麼，我遲早會……」

「我想，妳應該不需要太過擔心喔。」

因為我已經替妳治療完畢啦。

「傻瓜，我是開玩笑的。我怎麼可能會是〈惡魔附體者〉呢。」

姊姊笑著這麼回應我，然後仰望夜空。

「不過……畢竟我沒辦法永遠陪著你……所以，秋季連假記得空出來喔。」

「嗯～」

「這個話題就到此結束。去找騎士團的人過來吧。」

語畢，姊姊背對我踏出腳步。

我不自覺地再次抬頭望向夜空。我還是覺得今晚的月亮泛著淡淡的紅色。吸血鬼讓人挺在意的，無法治都市感覺也很很有趣呢。

我在宿舍的單人房裡聽著貝塔報告。

學園一天的課程結束後的夜晚，是「闇影庭園」的定期報告時間。

「因為武心祭發生的那件事，多艾姆的立場……」

「嗯。」

把姊姊的要求納入考量後，我又想了很多，覺得無法治都市果然是個值得關注的地方沒錯。

說來，我好一陣子沒去狩獵盜賊了。無法治都市八成也只是稍微有點本事的盜賊聚集的場所吧。盜賊的東西就是我的東西啊。

「伊普西龍也變得比較方便行動。奧里亞納王國內部……」

「嗯。」

至於姊姊提到的關於我未來的工作問題。

說得簡單點，只要有錢就可以了吧？

只要有錢，就無所不能啊。

無法治都市裡聚集了很多稍微有點本事的盜賊。

他們的老大想必幹了一堆壞事，然後賺進大把銀兩。

所以，只要我把老大幹掉，接收財產，所有問題便能迎刃而解。真是簡單明瞭。

「『闇影庭園』的戰力也順利地不斷提昇。位於亞歷山德利亞的研究所，目前已經著手開發蒸氣動力機關……」

「嗯。」

只要入手能夠吃喝玩樂一輩子的錢財，工作就不是什麼大問題了。

不如說，屆時我甚至能依照自己的心情，選擇體驗守門人、保鏢、無業遊民或是麵包店師傅等各式各樣的路人職業。

在獲得金錢後，人類才能夠過著不被金錢束縛的人生。

感覺我說了一句至理名言呢。

所以，遺憾的是，無法治都市的三大勢力之中，勢必有一者會消滅。

要選擇哪個勢力呢？

三個一起來也行，不過，要是一口氣處理掉，日後恐怕會少了很多樂趣。

「噬血女王」感覺最讓人亢奮呢。像吸血鬼始祖這類存在，因為能妄想她消滅時可能出現的各種情境，堪稱是最棒的對手。然而甜點也會讓人想要保留到最後一刻。

好猶豫喔～

不過，就現況看來，最有可能被消滅的勢力果然還是「噬血女王」。

「以上是今天的報告內容。」

「嗯。」

「如果有任何不周之處，還請您儘管……」

「我聞到了……」

對我低垂著頭、單膝跪地的貝塔，在聽到我的回應後，整個身子一震。

「無法治都市嗎……有血的味道啊……」

「太好了，不是我有怪味……」

貝塔輕聲自言自語。

「『噬血女王』似乎開始行動了……」

「是的。『噬血女王』和『教團』之間較無關連性，所以我們並沒有特別關注她……」

「風暴即將來襲……鮮血的風暴……」

「鮮血風暴……？」

「看看月亮吧，貝塔。」

「您說月亮嗎……？」

我指向窗外那道我覺得紅紅的彎月。

「啊，感覺顏色比平常還要紅……？」

「妳察覺到了嗎……那是『紅月』……」

「——！難道那就是傳說中的『紅月』……？」

「……倘若真是如此呢？」

我以眼角餘光瞄向茫然眺望著月亮的貝塔，在古董檯燈的光芒照耀下，啜飲色澤宛如鮮血的葡萄酒。

傳說中的「紅月」啊——

加上傳說兩字的話，不管是什麼都會變得煞有其事呢。

「怎……怎麼會……這樣的話，無法治都市就……不對，就連周遭的國家，都會遭受到毀滅性的損害……！」

「無須多慮。」

「可……可是，再這樣下去的話！得馬上派遣『闇影庭園』——！」

「我已經說過了吧……無須多慮。」

「唔！屬……屬下失態……」

我俯瞰著渾身打顫的貝塔，優雅地蹺起二郎腿。

「這件事就交給我吧。」

「難道……您打算獨自前往處理嗎，闇影大人？」

「有什麼不滿嗎……？」

「我能理解這是最確實的做法……可是，要是您有個什麼萬一，我們——！」

「——無須多慮。」

我揚起唇角笑道。

「不過……就是月亮變紅罷了。對吧？」

「——！」

貝塔瞪大雙眼望向我。

她的表情一開始充滿錯愕，接著慢慢轉化成柔和的笑容。

「是屬下太過魯鈍。」

然後朝我深深低下頭。

「只是月亮變紅……傳說中的『紅月』，在闇影大人的面前，也毫無意義可言呢。屬下在此祈禱您武運昌隆。」

哎呀，只是月亮的顏色有點偏紅而已，竟然能順理成章地講成傳說中的「紅月」，真不愧是貝塔。

「妳不覺得紅色的月亮也很美嗎……？」

「呵呵……說得也是。正因為有闇影大人在，才能夠感受到其美麗吧。」

「要喝一杯嗎……？」

「是！那屬下就不客氣了。」

於是，我和貝塔便一邊賞月、一邊品嚐美酒。

好啦，等秋季連假到來，就去無法治都市大鬧一場吧。

用一句話來形容的話，無法治都市就是一個巨大的貧民窟。

街上到處都是流浪漢，以鐵板或木頭搭建而成的簡陋小屋四處可見，垃圾場滿溢著腐爛的惡臭。

不過，這並不是無法治都市的全貌。

因為——這裡還有著三棟高聳的摩天大樓。

「那就是『噬血女王』的城寨『深紅高塔』嗎……」

在夕陽餘暉照耀下，仰望聳立在遠處的血紅色高塔而這麼開口的，是個外貌有如反派摔角選手的男子。

「怎麼啦，奎頓？害怕了嗎？」

一名美型的金髮青年朝奎頓這麼問。

「我才沒害怕。只是啊，我還真沒看過這麼高的建築物呢，哥德。」

「呵……雖然征戰世界各地，但我也覺得這座塔非常壯觀。光是要爬上去，感覺就會花上一整天的時間。」

仰望「深紅高塔」的兩人出聲感嘆。

高聳直入雲霄、外型宛如鮮血形成的螺旋的「深紅高塔」。兩人完全無從想像這樣的高塔是如何建造出來的。

「就算這座塔很壯觀，也不代表待在裡頭的傢伙就很強。走嘍。」

「反正也只是一群小混混的烏合之眾。『噬血女王』的腦袋就由我們收下了。」

奎頓與哥德——樣貌和氣質截然不同的這兩人，從第一次交談起便覺得意氣意外相投。或許是基於輸給同一個對手這項共通點吧，總之，自武心祭之後，這兩人便經常感情融洽地一起行動。

他們並肩走在黃昏時分的無法治都市裡。往都市中央前進片刻後，周遭的景色慢慢從荒涼髒亂的貧民窟，轉變成各種文化融合而成、建築物錯綜林立的都市。

「真令人吃驚……」

「是啊……得小心點。」

無法治都市的內部，是只看外觀的話完全無法想像之處。

出現變化的不只是建築物。街頭上的路人也不僅是普通的流浪漢，而是以打量獵物的犀利眼光瞅著兩人。

這裡沒有半個小嘍囉等級的人。

奎頓和哥德明白了這一點。

兩人提高警戒，以隨時都能拔劍戰鬥的狀態繼續前進後，周遭原本雜亂無章的建築物，開始散發出帶有一致性的陰鬱氛圍。

這便是踏入「噬血女王」地盤的證據。

兩人也察覺到了這樣的氣氛變化。

「很靠近了。」

不可思議的是，這一帶看不到任何居民。不過，兩人能感覺到四周的房舍內部有著蠢蠢欲動的氣息。「深紅高塔」看起來很近了。

奎頓和哥德繃緊神經繼續往前走。

最後，他們終於抵達了「深紅高塔」。

「這裡就是塔的入口……！」

奎頓朝大門靠近。這扇門上的細膩雕刻，描繪著看起來極其不祥的人外之物。

「走吧。」

就在奎頓將手按上大門的瞬間──

「嘻嘻！且慢……」

有人這麼朝他們搭話。那是沙啞到難以聽清楚的聲音。

奎頓停下動作環顧四周，發現大門旁有一塊骯髒的破布。仔細一看，那塊破布似乎在動──是個身上披著破布的人。

「嘻嘻！你們沒有打開那扇門的資格……」

說著，裹著破布的人從原地起身。

對方是個身型相當枯瘦的男子。雖然個子比奎頓還高，但雙頰和眼窩凹陷，看起來幾乎只剩皮包骨。及肩的一頭白髮骯髒而黯淡無光。

活屍——這或許是最適合形容他的字眼。

「你說我們沒資格？」

「能夠打開這扇門的，只有僕人、客人和強者……」

「原來如此……我們確實不是僕人，也不是客人，而是前來狩獵『噬血女王』的強者才對。」

奎頓仰望男子的臉，露出自信的笑容這麼回答。

男子以一雙凸眼俯瞰他，而後笑了起來。

「嘻嘻！嘻嘻嘻！嘻！嘻！嘻嘻嘻……」

「有什麼好笑的！」

「嘻嘻！嘻……我認為自己是愚昧之人，不過……看到比自己更加愚昧之人，永遠都很有趣呢……」

「你說什麼！」

「嘻嘻！掂掂自己的斤兩吧……等到變成這樣就太遲嘍……」

白髮男子卸下一部分的破布。

他的右半身跟著曝光。

然而，卻不見右肩以下的部位。

「這是在四年前挑戰『噬血女王』的愚昧之人的下場……在慣用手被砍斷後，現在就只是頭被飼養的悲慘『看門狗』罷了……」

男子的脖子上，繫著看起來十分堅固的項圈和鎖鍊。

「哈！我可是參加過武心祭的勇士奎頓。這傢伙則是『常勝金龍』哥德。跟你這種小嘍囉不一樣！」

「嘻嘻！沒聽過呢……我不會去記比自己弱小的人的名字……」

「啊？不然你又是哪根蔥啊？」

「嘻嘻！我不過是頭『看門狗』罷了……不過，在過去……人們也曾稱我是『銀白惡魔』啊……」

「『銀白惡魔』？我沒聽說過。哥德，你知道嗎？」

奎頓這麼詢問哥德。

「雖然覺得好像在哪裡聽過，但……抱歉，我想不起來。」

哥德搖搖頭。

不過，他仍對「看門狗」投以警戒的視線。

「聽到了吧，無名的小嘍囉？」

「嘻嘻！無妨。愚昧之人的名諱，還是被世人遺忘比較好……」

「抱歉啊，我們要進去了。」

「我可是『看門狗』呢……不能讓小嘍囉踏進裡頭……」

「……我可不管你會落得什麼下場。」

奎頓瞅著擋在大門前的「看門狗」，拔出自己的巨劍。

「看門狗」見狀，也以左手抽出細長的單刃劍。那是一把長度甚至超過他身高的美麗刀劍。

「小心點……奎頓。」

哥德在拔劍的同時這麼開口。

「小心？小心什麼？」

「這個男人……實力深不可測。」

「啥？你說這個皮包骨的獨臂男？別說傻話啦！」

奎頓無視哥德的忠告，隨即揮刀劈砍。

巨劍從半空中劃過的軌跡，在夕陽下發出光輝——下個瞬間，鮮血四處飛濺。

「……啊？」

被砍斷的巨劍掉落在地面上，發出一陣清脆的聲響。

「奎……奎頓！」

哥德發出驚叫聲的同時，腹部被砍傷的奎頓不支倒地。

「那麼……接下來是你嗎……？」

全身沾滿奎頓噴濺出來鮮血的「看門狗」，這次擋在哥德的面前。

「你……你這傢伙！」

哥德幾乎完全沒能目視到「看門狗」劈砍奎頓的那一刀。

他看到的，就只有在空中飛濺的鮮血，以及斷成兩半的巨劍。

讓人嘆為觀止的劍術。

即使被奪走慣用手又瘦到只剩皮包骨，眼前的「看門狗」實力仍遙不可及——哥德明白了這一點。

儘管如此，他仍舉起手中的劍。

哥德和奎頓認識的時間並不長。不過，兩人都是企圖從敗北中重新振作、有志一同的伙伴。

「放心吧……他沒有死。因為要是死了，就沒有用處了嘛……」

「看門狗」笑著這麼說。

「你竟敢把奎頓……！」

哥德將魔力凝聚在劍刃上，施展他最強的那一招。

「邪神．秒殺．金龍劍！」

釋放出攻擊的瞬間，哥德的視線與「看門狗」相交。

那是一雙布滿駭人血絲的漆黑眸子。

瞥見那雙深不可測的眼睛後，「銀白惡魔」的記憶在哥德腦中浮現。

「難……難不成你是……」

「看門狗」的嘴角上揚。

倘若這個獨臂「看門狗」就是「銀白惡魔」的話——

理解到兩人之間令人絕望的實力差距後，哥德在千鈞一髮之際，轉而將這記劈砍朝地面釋放出去。

「嗯嗯……？」

大片沙塵跟著揚起。

「奎頓！我一定——一定會回來救你！」

在這道吶喊聲之後，是逐漸遠離的腳步聲。

「逃掉啦……我不會追上去……因為我只是『看門狗』嘛……」

「看門狗」揮劍劈開眼前的漫天沙塵，在原地遠眺哥德奔跑著離開的背影。

「嘻嘻！不過……你能順利逃走嗎……？」

在「看門狗」的視線前方，周遭的屋舍大門紛紛在此刻敞開，「牠們」也從裡頭衝出來攻擊哥德。

「嘻！嘻嘻！嘻嘻！嘻嘻嘻……！」

「看門狗」抬頭仰望高聳直入雲霄的摩天大樓。

聳立的三棟摩天大樓，在裡頭君臨天下的三名統治者。這裡就是世界的垃圾場——無法治都市。

凝聚了全世界的邪惡、財富和力量的弱肉強食世界。

無論是國王、騎士或魔物，都無法對此處出手。

這裡是無法治都市。

在這裡，力量即是章法。

在無法治都市狩獵盜賊吧！

The Eminence in Shadow
Volume Three
Chapter One

一章

秋季連假到來。

我和姊姊兩人起程前往無法治都市。

「這裡就是無法治都市啊。好臭喔。」

「沒辦法呀。因為是貧民窟嘛。」

姊姊這麼回應我，同時以視線恫嚇周遭的流浪漢。

我望向遠方，看到三座聳立的高塔。如果能把它們像保齡球的球瓶那樣撞倒，應該會很有趣吧。

「進去那幾座塔裡頭就好了嗎？」

「我說你啊～哪有人會一下子就闖進敵方大本營啦。魔劍士協會似乎有替討伐部隊安排一個據點，我們先去那裡收集情報吧。」

「哦～」

我跟在姊姊身後，繼續在這個貧民窟裡頭前進。走了片刻後，我們來到一個路邊攤林立的區域。

攤位上陳列著奇形怪狀的食物、可疑的藥物、贓物，甚至是寵物等商品，感覺是個朝氣蓬勃的市集。
「那邊那位美麗的小姐！過來逛逛吧！我們剛進了很有活力的寵物喔！」
「你說我？」
「沒錯沒錯，就是妳，全世界最美麗的小姐！」
「哼，你倒是挺有眼光的。那我就稍微看一下吧。」
「姊姊，那是生意人在拍馬屁而已啦。」
「給我住口。」
我被姊姊帶到攤位前方。
「來來來，這就是剛送過來的寵物，活力十足喔！」
被老闆拖過來的，是一名繫著奴隸項圈的金髮青年。
「他是魔劍士奴隸哥德！如何？這麼美型的外表，跟美麗的妳再適合不過了吧？」
鼻青臉腫得彷彿被集團凌虐過的哥德，不斷發出「嗚～嗚～！」的呻吟聲，像是試圖要說些什麼。
「他的臉都腫得像豬頭了耶。」
「唔～我總覺得好像在哪裡看過這個人呢～」
「哈哈哈！八成是運送時的衝擊，讓他有些損傷了吧。好，原本要價三千萬戒尼，我現在兩千七百萬戒尼便宜賣給妳！」
「好貴喔。」

「不不不，這種等級的魔劍士奴隸，要是在外頭買，價格可會翻漲兩倍啊。這是無法治都市才有的破盤價呢！」

「我不需要。」

「小姐，妳還真懂得商業談判耶！我知道了，今天就破例再送妳一頭吧！」

「你是用『頭』來計數啊。」

「來來來！這邊是同樣很有活力的魔劍士奴隸奎頓！」

被老闆拖過來的，是腹部有一道長長傷口、樣貌有如反派摔角選手的一名男子。傷口看起來應該有施以緊急處理。

這個奎頓也不斷以「嗯～嗯～！」的呻吟聲試著表達什麼。

我好像也在哪裡看過這個人耶……

「哥德加奎頓，兩頭一組，算妳四千萬戒尼就好！這種價位可是無法治都市才有喔！」

「他的腹部受傷了耶。」

「噢噢，這傢伙也在運送途中損傷了嗎！我知道了，那兩頭三千七百萬戒尼啦！不能更便宜了！」

「但我不需要呢。」

「咦咦！小姐，哪有人這樣的啊！」

「我有他就夠嘍。」

說著，姊姊有些粗魯地揉了揉我的頭。

「原來如此，這位小老弟是小姐的……」
「不對，不是那樣喔。」
「走吧。」
我被姊姊揪住衣領後方拖著離開。
隨後，另一名客人對老闆開口問道：
「老闆。如果這兩頭真的賣三千七百萬戒尼，那我就買下吧。」
「當然是真的嘍，感謝捧場！嗯？你是……」
「嗚～嗚～！」
「嗯～嗯～！」
那兩頭似乎被賣出去了。
因為他們的樣貌似曾相識，我原本還有點擔心，但能順利被賣掉真是太好了。
咦？
既然賣出去了，就代表那個攤子現在起碼有三千七百萬戒尼的現金。如果去突襲攤位老闆的話……
不不不，不能為這點蠅頭小利滿足。
夢想得更遠大才行。
「好啦，快點走吧。」
「我會走啦，妳不用這樣拉我。」

「不這麼做的話，你就會迷路呀。」
「不會啦。」
我一邊前進，一邊眺望聳立於遠方的三棟摩天大樓。
外觀分別是紅、白、黑三種顏色的高塔。
好啦，要選哪個呢？

抵達魔劍士協會的據點後，姊姊便被找去參加會議。
那似乎是只召集強大魔劍士的作戰討論會議。
我沒有被找去參加。
雖然姊姊試圖硬是讓我加入，但還是沒成功。
最後，姊姊對我拋下「在外頭乖乖等我出來」這句話，就去參加會議了。
所以，我選擇乖乖地在無法治都市裡頭閒晃。
踏出據點後，外頭已是夕陽西下的時間。雖然街頭仍沐浴在明亮的落日餘暉下，但東方天空中已經出現了泛紅的月亮。
隨著時間經過，月亮的色澤也變得愈來愈紅。這應該不是我的錯覺才對。異世界的月亮果然跟地球的不一樣呢……

無法治都市的人在街頭往來穿梭，完全不在意這樣的月亮。

眼前的客人、眼前的獵物——為了活過今天，他們卯足了全力。

就這樣，我遇上了今天值得紀念的第十名扒手。

我的錢包就放在褲子口袋裡。因為顯而易見，所以經常被順手牽羊。不過，當錢包被扒手摸走後，我必定會以相同的做法回敬對方。

也就是說，除了取回自己的錢包，我還會把扒手的錢包也摸走。

這終究是個弱肉強食的世界。

以牙還牙，以眼還眼。

光是今天一天，我錢包裡的總財產就從四萬戒尼增加到十一萬戒尼。真的很不可思議呢。

無法治都市裡的居民A，說不定才是我的天職。

光是在路上閒晃就能賺到錢。對我來說，這座都市簡直是樂園。

我懷著想要哼歌的愉悅心情走在街上時，突然有一陣慘叫聲傳來。

「是食屍鬼！食屍鬼出現了！」

喔，食屍鬼啊。好像距離這裡滿近的。

無法治都市的居民反應都相當快。沒有戰鬥能力的人隨即逃之夭夭。

不過，也有很多攤販無視慘叫聲，仍自顧自地繼續做生意。

甚至還有人帶著邪佞笑容朝慘叫聲傳來的方向走去。

「食屍鬼出現啦？最近數量挺多的嘛。」

「去抒發一下壓力吧。」

有的人將指關節折得喀喀作響，有的人則是亮出短刀。

嗯嗯，我可以理解。我也是那種喜歡湊熱鬧的人呢。所以，我偷偷尾隨這些人前往事發現場。

抵達目的地後，那隻食屍鬼已經被制服了。

看牠倒在地上的模樣，或許是雙腳被打斷了吧。

「混蛋～！竟敢啃我的手！」

有人這麼怒吼，然後朝食屍鬼猛踹。

「可惡！剛才賭博輸了一屁股！都是你的錯啦！」

有人朝牠猛踩。

「我在瑪琳身上花了一百萬戒尼，最後竟然被她甩掉！都是你害的！」

有人扭斷牠的骨頭。

血海在地面蔓延開來。

原來如此，因為食屍鬼擁有強韌的生命力，似乎是很理想的沙包。

任人宰割的食屍鬼，只能躺在地上發出「啊啊啊啊……」的呻吟。這就是無法治都市。

在無法治都市，這點程度之事想必早已司空見慣吧。

充斥著鮮血與殺戮的都市——真不錯啊。

「呵呵呵……」

我靠在牆上，雙手抱胸發出輕笑聲，試圖營造出「現身於無法治都市的神祕少年」的「影之強者」形象。

被痛毆一頓之後，食屍鬼無力地癱倒在地上，而剛才圍毆牠的那些人似乎也玩膩了。

看樣子是告一段落了。

回過神來的時候，我發現天色已經轉暗許多。

回去吧——這麼想的瞬間，我察覺到食屍鬼重生的變化。

「噫！住……住手！」

男子慘叫的同時，大量的鮮血噴濺至半空中。

突然復活的食屍鬼一口啃住男子的頸部，咬斷了他的咽喉。

「這……這傢伙是怎麼回事？跟平常不一……！」

又一個人喪命了。

剩餘的在場者儘管驚慌失措，但也都拔劍準備應戰。

再次復活的食屍鬼……是紅色的。

無論是皮膚或雙眼，現在都變得如血般鮮紅。牠露出一口尖牙、伸長手上的利爪——然後長嘯。

「咕啊啊啊啊啊啊啊！」

食屍鬼以宛如野獸的靈活動作高高跳起。

牠揮下利爪的瞬間，一名男子跟著人頭落地。

「快……快逃啊！」

就算是無法治都市的居民，看到這一幕，實在也只能落荒而逃。

食屍鬼開始啃食男子們的屍體，我則是倚著牆「呵呵呵……」地微笑。

好啦，現在該怎麼辦呢？

一如往常地像個路人角色拔腿就跑……還是繼續維持神祕少年的形象呢？

反正我八成不會再遇上無法治都市的居民了，這次或許不用拘泥於路人形象也無所謂。

「呵呵呵……」

嗯～

就在我為此煩惱的時候——

察覺到他人氣息的我抬起頭，發現一名身型苗條的劍士從紅色食屍鬼的上方翩然降落。

這名劍士在著地的同時揮劍，一刀將紅色食屍鬼從頭到腳劈成兩半。

漂亮。

將紅色食屍鬼一刀兩斷的劍士，揮劍甩開沾在上頭的鮮血，然後轉身。

我和她四目相接。

身穿一襲漆黑服裝、頭戴寬緣帽、身型苗條的這名劍士——是蓄著一頭紅色長髮的美麗女子。

她和我對視了半晌。

「你還是趕快逃走比較好……」

然後以意外可愛的嗓音這麼開口。

「情況開始失控了……」

說著，她以幾分憂鬱的表情仰望高掛在空中的紅色月亮。

「月亮變得很紅……沒有時間了……」

「妳叫什麼名字……？」

看到劍士說完自己想說的話便轉身準備離開，我不禁開口喚住她。

「我是『最資深的吸血鬼獵人』瑪莉……是狩獵『噬血女王』伊莉莎白之人……」

語畢，她的身影消失在夜晚的黑暗之中。

這股情感是什麼呢？

這是——

這種感覺——讓人隱隱作痛。

「呵呵呵……」

我露出笑容，仰望夜空中的紅色月亮。

看來，返回據點的時間會晚一點了……希望姊姊不要生氣。

夜晚降臨的無法治都市，最熱鬧的地方永遠都是花柳巷。

身穿裸露度偏高服裝的女人，在街頭魅惑來來往往的男人。
這樣的花柳巷，此刻被一陣慘叫聲籠罩。
「是食屍鬼！食屍鬼出現了！」
不過，這種程度的問題，人們早已司空見慣。
青樓聘請的保鏢，隨即為了消滅食屍鬼而趕來。
這樣的事態一如往常，所以，這天理應也能圓滿落幕才對。
「呀……呀啊啊啊啊啊啊啊啊啊啊！」
娼婦驚聲尖叫，保鏢也在同一時間被啃食得面目全非。
這天出現在花柳巷的食屍鬼，整體外觀的顏色偏紅，跟過去不太一樣。
紅色食屍鬼輕易撕裂了保鏢的身體，準備朝嚇破膽的年輕娼婦撲過去。
「瑪琳！」
其他同伴驚呼年輕娼婦的名字，但為時已晚。
不過，在下個瞬間，紅色食屍鬼的軀體一分為二。
「咦……？」
被劈成兩半而倒地的食屍鬼身後，出現了一名身穿漆黑大衣的劍士。
他甩去漆黑刀刃上的血液，俯瞰著一旁的瑪琳。
一雙鮮紅的眸子，從拉得很低的大衣連帽深處透出光芒。
「噫……」

那雙看不出情感起伏的眼睛，讓瑪琳嚇得往後退。

「不想死的話，就快點逃吧……」

漆黑男子以宛如從地底傳來的低沉嗓音開口。

「──情況開始失控了。」

他仰望夜空中的紅色月亮輕喃。這樣的身影，透露出些許憂鬱氛圍。

「『紅月』……剩餘的時間不多了。」

最近，不知為何，月亮看起來紅紅的。

儘管瑪琳覺得很不可思議，但其他娼婦同伴並不把這當一回事。

就算月亮變紅，這個世界也不會出現任何改變。大家都是這麼想的。

「等、等等……你是？」

瑪琳喚住那名漆黑男子。

雖然是個看起來有點可怕的人，但他救了自己一命。

至少也得表達感謝……

「吾名闇影……乃潛伏於闇影之中，狩獵闇影之人……」

語畢，闇影便消失在深沉的夜色之中。

「啊……道謝……」

瑪琳轉動眼球，尋找轉眼間消失無蹤的闇影。

「瑪琳！妳沒事吧？」

娼婦前輩衝過來擁住瑪琳。

「嗯……嗯，我沒事……」

「太好了……最近老是發生這種事呢。不管是『噬血女王』還是什麼……」

「說……說這種話不太好啦……」

「哼，我才不管呢。比起這個，那傢伙就是闇影啊……」

「妳知道他嗎！」

「是、是呀，雖然只聽過傳聞。據說他曾對某所學園發動恐怖攻擊、把整個聖域炸掉，是某個為所欲為的組織的老大喲。」

雖然看起來有點可怕，但感覺不是壞人。

「闇影先生不是壞人……」

「妳在說什麼呢。他跟這裡的統治者同樣都是超級大壞蛋啦。不過，那種大壞蛋為什麼要到無法治都市來……」

「他說情況開始失控了。還有月亮很紅、時間不夠了之類……」

闇影知道接下來會發生什麼事情。

他察覺到了無人在意的紅色月亮的變化，並追查出理由。

瑪琳總覺得他似乎想憑一己之力保護大家。

「什麼跟什麼啊？最近『噬血女王』那邊感覺也動作頻頻，難道是想跟闇影合作，向其他勢力開戰嗎？饒了我們吧。淪為戰爭犧牲品的，總是我們這些人啊。」

「不是的，闇影先生他……是為了阻止什麼而來到這裡。」

「妳說的『什麼』是指？」

「我也不知道，可是……一定是很不得了的事情。」

有什麼要開始了嗎？

瑪琳不安地仰望紅色月亮。

不過，她總覺得闇影會想辦法解決。

「謝謝你，闇影先生……」

她朝著闇影消失的那片黑夜這麼輕喃。

席德不見了。

為了尋找弟弟，克萊兒在夜晚的無法治都市裡狂奔。

「席德這個笨蛋！我明明都要你乖乖等著了！」

聽到席德隻身離開據點時，克萊兒的腦袋瞬間一片空白。

她將半開玩笑地表示「妳弟弟現在八成被當成奴隸賣掉了吧」的協會魔劍士狠狠打倒在地後，隨即衝出據點。

夜晚的無法治都市相當危險。

這裡可不單純是個貧民窟而已。對這裡的居民來說，像席德這樣的魔劍士學園的學生，除了獵物以外什麼都不是。

「有沒有看到一名黑髮黑眼、年約十五歲的男孩子？」

克萊兒這麼詢問路上的每個人，拚命尋找弟弟的身影。想當然耳，也有居民不懷好意地朝她撲過來，但都被克萊兒一一撂倒了。武心祭冠軍的實力可不是空有其名。

她依循目擊情報四處尋找，最後終於發現了一個黑髮人的身影。

然而——

他正躺在暗巷裡，任憑食屍鬼啃食自己的身體。

「住、住手！」

克萊兒迅速拔劍，在轉瞬間將眼前的食屍鬼砍成碎片。怒氣加速她揮劍的動作，劃破空氣的咻咻聲不斷傳來。

最後，她在被啃得稀巴爛的黑髮男子的屍體旁跪坐下來。

「不要……怎麼會……」

染上鮮血的黑髮。長度跟席德的髮型差不多。

因為身體早已被啃食得亂七八糟，所以無從辨別身分。

然而，這是她唯一打聽到的、最有力的目擊情報。

「對不起，席德……都是因為我把你硬拖來無法治都市……」

還無法斷言這具屍體就是席德。

但克萊兒仍將沾滿鮮血的黑髮男擁入懷裡，淚珠也跟著滾落。無窮止盡的悔意，以及想要謝罪的強烈念頭，幾乎將她壓垮。

這時，一個人影從她的身後靠近。

「……有什麼事嗎？」

擁著黑髮男的克萊兒問道。

「在尋找一名黑髮黑眼少年的人，就是妳嗎……？」

「……咦？」

克萊兒懷著想要緊抓最後一根救命稻草的想法轉頭，發現一名動人的紅髮女劍士站在自己身後。

「妳是……？」

「我叫瑪莉，是一名吸血鬼獵人。妳在找的黑髮黑眼少年，我遇過兩個。」

「唔！快告訴我在哪裡！」

「第一個是一段時間前遇到的。他看著行為失控的食屍鬼，發出『呵呵呵……』的輕笑聲。」

克萊兒在腦中描繪出這樣的身影，然後隨即否定。

「不。我弟弟不會笑得這麼噁心。」

「這樣啊。第二個則是一名魔劍士少年。他被『噬血女王』的部下擄走了……」

「唔！他的長相看起來如何？」

「感覺很樸素又不起眼……」

錯不了，那就是席德。

「啊啊，怎麼會這樣……席德……」

「對不起。我原本也打算救他，但沒能趕上……」

「……不……不過，只是被擄走的話，就代表他還活著對吧！」

「他……或許……」

瑪莉似乎在猶豫該不該開口。

「妳知道些什麼嗎！」

「或許……會被當成祭品。『紅月』馬上就要開始了。在那之前，如果沒把他救出來的話……」

「席德在哪裡？怎麼做才能救他？快告訴我！」

瑪莉的視線在空中游移，看起來像是在沉思些什麼。隨後，她瞥見一旁被砍成碎片的食屍鬼。

「這是妳做的嗎？」

「咦？是的，是我做的。」

「倘若妳願意協助我……或許……我的目標是『噬血女王』伊莉莎白，妳的目的則是救回弟弟。我們倆說不定能合作。」

說著，瑪莉對克萊兒伸出手。

「妳願意協助我的話，我就說出一切。」

克萊兒毫不猶豫地握住她的手。

「我願意協助妳。只要席德能夠得救，我什麼都願意做。」

「跟我來吧。」

瑪莉朝暗巷深處走去。

克萊兒將黑髮男的屍體拋開然後起身。仔細看的話，他的髮型其實跟席德完全不一樣。

「等我喔，席德。姊姊絕對會去救你……！」

克萊兒緊緊握拳，同樣消失在巷弄深處的黑暗之中。

克萊兒被領著來到一間感覺快要崩塌的小屋。不知為何，屋子裡頭幾乎要被大量的沙土淹沒。

瑪莉在瀰漫著灰塵和霉味的室內點亮提燈。

「想坐下來的話，其實也有椅子啦……」

瑪莉站著這麼說。

「不用了。」

那張椅子看起來只要有人坐上去，就會馬上垮掉。

「這樣啊。妳是叫克萊兒嗎？我想，你弟弟目前應該在『噬血女王』伊莉莎白的城寨『深紅高塔』裡頭。」

「妳說他會被當成祭品，是什麼意思？」

「要說明這一點的話，就得先從『噬血女王』伊莉莎白開始介紹。她是被稱為始祖吸血鬼的女王。過去除了她以外，這個世上還有其他被稱為始祖的吸血鬼存在。吸血鬼是夜晚的支配者。但這已經是一千多年前的事就是了……」

瑪莉露出飄渺的眼神淡淡開口。

「儘管吸血鬼支配著全世界的夜晚，但這樣的支配體制終究還是劃下了句點。因為自身的弱點在人類之間快速傳開來，吸血鬼淪為被狩獵的立場。吸血鬼的弱點一共有三個。第一，心臟被破壞的話就會死。吸血鬼擁有驚人的再生能力，人們以為他們是不死之身，因此畏懼不已。然而，一旦心臟遭到破壞，吸血鬼就無法再生。這樣的事實，成了原本恐懼吸血鬼的人類強大的推力。第二，吸血鬼必須透過吸血行為來維持力量。長期不曾吸血的吸血鬼，力量會衰退到跟一般人類沒什麼兩樣。從這樣的種族特性來看，他們只得跟人類共生共存，絕無法將人類趕盡殺絕。第三，他們若是被陽光照射到，便會化為灰燼。無論吸血鬼再怎麼強大、人類再怎麼弱小，只要暴露在陽光之下，隨便一個人類都能夠殺死吸血鬼。可以用陷阱設計他們，也可以破壞他們的住處，消滅吸血鬼的手段多得是。於是——白晝成了他們的行刑場。」

「妳知道的真詳盡。」

聽著瑪莉的說明，克萊兒不禁為她淵博的知識感到佩服。

熟悉吸血鬼的人類相當少。

因為吸血鬼早已是過往的存在。近年以來，他們所造成的損害幾乎等同於零。

但無法治都市這個地方除外。據說，無法治都市裡頭的「深紅高塔」，是吸血鬼最後的據點。

負責主持魔劍士協會作戰會議的職員，也表示自己不曾親眼看過吸血鬼，相關知識都是從書籍資料得來。

「他們不斷被人類驅趕迫害。最後，吸血鬼終究從世界的夜晚中消失，世人們也逐漸淡忘他們的存在。然而，在一千年前，那起不祥的事件發生了……『紅月』高掛在空中的那個夜晚，只消一晚，一個國家就滅亡了。那是個現在已經無人記得的小國……而這便是『噬血女王』伊莉莎白及其眷屬幹的好事。」

「妳說的『紅月』，是指近期月亮偏紅的現象嗎……？」

聽到克萊兒的提問，瑪莉點點頭。

「在『紅月』出現的期間，吸血鬼及其眷屬的能力會大幅提昇。被人類逼得走投無路的他們，在『紅月』高掛的夜晚群起叛亂。那次的『紅月』持續了三天。第一個夜晚，一個國家滅亡。之後的兩晚，則有三個國家遭受到幾近亡國的損害。在『紅月』褪去後，『噬血女王』及其眷屬突然也跟著消失無蹤。他們打算躲藏到被人們遺忘為止……」

「難不成，這些吸血鬼是打算再次掀起叛亂？」

瑪莉點頭。

「在吸血鬼眼中，人類就只是家畜。他們絕不會遺忘被家畜逼到走投無路的恥辱。目前，『噬血女王』仍處於長達千年的沉睡狀態。負責統帥無法治都市裡頭的吸血鬼的，是名為克里姆森的吸血鬼，他同時也是『噬血女王』的心腹。當『紅月』出現後，他八成會開始策劃『噬血女王』的復活儀式。如此一來，千年前的悲劇又會再次上演……」

「難道妳所謂的祭品就是……？」

弟弟的臉龐在克萊兒腦中浮現。她以顫抖的嗓音開口問道。

「想讓『噬血女王』復活，需要擁有豐沛魔力的年輕男孩的鮮血。妳的弟弟恐怕會被當成獻給『噬血女王』的祭品吧……」

「我不會讓他們得逞！『紅月』何時會出現？」

瑪莉從牆壁上的大洞眺望外頭的月亮。這晚，月色已經被染成暗紅。

遠方傳來類似吶喊的聲音。

「就在這一刻，開始了……」

人們的慘叫聲，在無法治都市的夜晚此起彼落。

「是食屍鬼啊啊啊啊啊啊啊啊！快……快逃！」

人們驚慌失措，街道上開始瀰漫血腥味。

「情況開始失控了……『紅月』會賜予牠們極度強大的力量，但代價就是難以抑制的吸血衝動。這就是一切的開始……」

「唔！席德呢？我弟弟人在『深紅高塔』對吧？」

「等等。」

瑪莉喚住打算立刻衝出小屋的克萊兒。

「為了確保儀式的成功率，克里姆森應該會等到月亮變得最紅的那個瞬間，再讓『噬血女王』復活。還有半天的時間。」

「半天？過了半天後，就是白晝了耶！」

「『紅月』會持續三天。這三天都會是永夜的狀態。不要緊，我有對策。」

說著，瑪莉開始拆除腳下破破爛爛的地板。

「為了這天的到來……我挖了一個洞。」

「……洞？」

克萊兒不解地歪過頭。

出現在眼前的，確實是一個洞。

藏在地板下方的，是個可以讓人匍匐前進的洞穴。

「『深紅高塔』平常有許多眷屬待在裡頭，所以很難闖入。不過，在『紅月』浮現後，他們就會離開高塔外出。想入侵的話，這可是千載難逢的好機會……」

「所以，這個洞穴是……？」

「因為難以從地表闖進去，我挖了一個通往『深紅高塔』下方的通道。」

「……原來如此。」

「最後，我想再確認一件事。我的目的是殺死『噬血女王』伊莉莎白，妳的目的則是將弟弟平安救出。我們接下來會攜手合作，可以吧？」
「沒問題。請多指教，瑪莉。」
「請多指教，克萊兒。」
兩人不約而同地握住彼此伸出的友誼之手。
「既然決定好了，就趕快出發吧。等著我喔，席德。」
克萊兒毫不猶豫地鑽進洞穴裡。
讓克萊兒打頭陣的瑪莉，再次轉頭仰望夜空中的紅色月亮。
她的眼中透出一絲落寞。
「就快了，伊莉莎白大人……」
這麼輕喃後，瑪莉跟著鑽進洞穴裡。

返回魔劍士協會的據點後，我發現姊姊並不在那裡。
她是外出散步了嗎？
反正很閒，我去睡覺等她回來好了。

——我醒過來的時候，無法治都市呈現一片混亂。

「這是……」

儘管應該已經是白天時段，但天色仍十分昏暗。空中高掛著暗紅色的月亮，街上到處都是發狂暴動的食屍鬼。

「難道這就是『失控』嗎……」

這是叫做瑪莉的女孩子提到的關鍵字。

據點此時似乎正在召開商討對策的緊急會議。

感受到這股兵荒馬亂的氛圍之後，我隨即起床。應該不要緊吧？我還趕得上這場活動吧？

我偷偷溜出據點，來到一棟高聳的建築物頂樓，換上一身漆黑的戰鬥裝束。

「這一刻終於到來了嗎……！」

錯不了。這是……內容超級充實的一場活動。

內容充實又大規模的吸血鬼事件出現啦！

我在面具後方露出意味深長的笑容，讓漆黑的大衣下襬在空中飄揚。

關鍵字是「紅月」、「失控」和「噬血女王」嗎……

啊，還有那個「最資深的吸血鬼獵人」小姐嘛。希望在這場活動中有機會遇上她。

儘管很困難，但我得先擬定能夠讓自己充分享受的路線才行。

照這樣下去的話，最終目標應該會是討伐「噬血女王」。

那麼，就執行在「深紅高塔」趁火打劫的一箭雙雕計畫，再視情況靈活地隨機應變吧。

啊，姊姊還沒回來嗎？

不過，她是一名耐打的淑女，所以應該不會有問題。她可是姊姊呢，說不定早已攻入「深紅高塔」了。

好啦好啦，那麼，就一邊在這個活動裡到處露臉，一邊狩獵食屍鬼吧。

目送這天的最後一名客人離開後，瑪琳關上房門。

在月光灑落的這個房間裡，她朝皺巴巴的床單瞥了一眼，撿起脫下後隨意亂丟的內衣褲。直接套上透膚的內衣褲後，她倒在床上。美麗的側臉跟著埋進枕頭裡。

今天發生了太多事情，讓她疲憊不堪。而且客人的水準也不怎麼樣……還是睡吧。

「嗯～……」

然而，被體液沾濕的床單和房裡的異味，著實令人不快。瑪琳嘆了一口氣，將窗戶打開。

嗆鼻的異味逐漸散去，取而代之的是外頭的喧囂聲。

「發生什麼事了嗎……」

換做是往常的話，現在理應是白晝時段才對。是花柳巷的人們結束工作就寢的時間。

但今天，夜晚卻沒有結束，整個城鎮也充斥著慌亂的氛圍。

同時，鮮紅色的月亮也依舊高掛在空中。

瑪琳望向遠方，發現了熊熊燃燒的建築物。

是火災。

淡淡煙味乘風而來。

然而，比起煙味，腥臭的鐵鏽味為鼻腔帶來更劇烈的刺激。

發生火災的地點很遠，火勢應該不至於延燒到這裡來才對。

不過，總覺得有什麼跟平時不一樣。在街上慌亂地東奔西跑的居民。大家為什麼這麼慌張呢？

不過是一場火災而已啊。

瑪琳佇立在窗邊，落在身上的紅色月光，讓她顯得分外妖豔。黑色內衣和她一身的白皙肌膚十分相稱。紫紅色的髮絲和雙眸，在月光下透出豔麗的色澤。

像她這樣的美女，倘若只穿內衣佇立在窗邊，絕對會吸引男人駐足觀望。

但今天卻沒有半個人這麼做。

瑪琳以略微淡漠的眼神，俯瞰遠方的大火和眼下這片花柳巷。

自從十三歲那年被賣掉之後，瑪琳已經在這裡度過了五年時光。剛來到無法治都市的人，無論是誰，都會想重返外頭的世界。然而，隨著時間經過，這樣的念頭也會愈變愈薄弱，最後，整個人就在不知不覺中沾染上無法治都市的味道。

瑪琳仍未打消重返外頭的念頭。

不過，要是能果斷放棄，說不定會輕鬆許多吧。最近，她開始湧現這樣的想法。

在這個花柳巷，瑪琳是前幾名的紅牌，但並不是人氣最高的。老闆娘曾說，要是她願意拿出真本事，爬上頂點絕不是問題。

這樣的生存方式或許也沒有錯吧。如果能遺忘一切，沉溺在一晚的愛與歡愉之中的話……

「唉……」

她久違地試著思考外頭的事。慢慢遺忘外頭的事、慢慢習慣這座無法治都市，待在這裡的每個人，想必都會逐漸化為這裡的一分子。

而自己總有一天也……

在瑪琳準備關上窗戶的瞬間——

「呀啊！」

一頭野獸從窗外竄入她的房裡。

不對，那不是野獸，而是動作近似於野獸、有著人類外型的——食屍鬼。

「啊……啊啊……」

這個狹窄的室內無處可逃。

瑪琳癱坐在地，不斷往後退去。

食屍鬼露出一口尖牙獰笑，接著便撲向身上僅穿著內衣的瑪琳。

「不……不要……」

斗大的淚珠從瑪琳眼眶溢出。

這個瞬間，她已經有了喪命的覺悟。

「我應該……有叫妳逃走了吧？」

一道低沉的嗓音傳來。

食屍鬼在一瞬間被碎屍萬段。

無數的肉塊落地，房間各處滿是飛濺的血跡。

「你……你是……」

看到手握漆黑長劍的那個熟悉身影，瑪琳的心臟重重跳了一下。

出現在眼前的，是身穿漆黑大衣的男子──闇影。

「情況開始失控了……瞧，街頭已被鮮血染紅……」

「街頭……？」

瑪琳以床單裹住身體望向外頭。

「……好過分。」

曾幾何時，下方的街道已染上血的鮮紅。

不成人形的悽慘肉塊，以及群起暴動的食屍鬼。來不及逃跑的娼婦們，在步出店內的瞬間遇襲。

「危、危險！」

發現自己的前輩也在裡頭，瑪琳不禁驚聲尖叫。

然而，下個瞬間，撲向娼婦們的食屍鬼被砍成碎片。

「開始失控了……城鎮即將被腥風血雨籠罩……」

出現在那個地方的，是身穿漆黑大衣的男子。

「呃？」

瑪琳望向自己身旁，發現那裡早已沒有任何人。

「快逃吧，在還來得及的時候……」

這時，道路前方傳來一陣慘叫。

在瑪琳的注意力被拉走的瞬間，闇影再次消失了。

「失控……血……逃……」

只剩下這個斷斷續續的聲音，以及食屍鬼飛向空中的屍體。

仔細一看，可以發現路上的屍塊和血跡，全都屬於食屍鬼。

儘管沒能看見他的身影，但能明白四散的食屍鬼肉塊軌跡正逐漸遠離。

「他……救了大家嗎？」

瑪琳的直覺並沒有錯。闇影是來拯救他們的。

瑪琳套上外衣，匆匆收拾了行李，然後從二樓跳下。

「謝謝你，闇影先生……」

她以帶著熱度的眼神望向闇影消失的方角。

總有一天，她要報答闇影這份恩情……這麼下定決心後，瑪琳便趁著這場混亂逃走了。

魔劍士協會陷入了不利的狀態當中。

儘管已經將一流的魔劍士聚集起來，共同對付失控的食屍鬼，但牠們強化過後的力量，以及驚人的數量，讓魔劍士們節節敗退。

「『壯臂』格雷恩也負傷了！撤退！」

「混蛋！那是你們負責的區塊吧！是誰要代替你們上場啊！」

「我哪知道！有人受傷了耶！你要我們就這樣送命嗎！」

在主要通道上被食屍鬼團團包圍的魔劍士們，儘管拚命試著抵抗，但不斷湧現的食屍鬼仍持續消耗著他們的體力和戰力。

「各位！請避免獨斷的行動！」

負責指揮「噬血女王」討伐作戰的魔劍士協會菁英職員克勞蒂亞，此時拚命高聲呼籲，但現場的士氣相當低迷，戰線瓦解恐怕也只是時間問題。

食屍鬼的屍體慢慢淹沒了路面。

好歹也是一流魔劍士的集團，每個個體的能力都在食屍鬼之上。

不過，眾人壓根沒想到會有如此大量的食屍鬼出現。

這恐怕是耗費了漫長年月進行準備的預謀性犯案。

即使召集了這麼多名魔劍士，他們卻連「深紅高塔」的底下都無法抵達。這就是支配著三分之一個無法治都市的「噬血女王」的力量……

過去，魔劍士協會也曾被告誡「別對無法治都市出手」。此刻，克勞蒂亞終於理解了這句話的意涵，也不禁詛咒魔劍士協會的高層無視這個警告的決策。

「那群死老頭！」

平常的克勞蒂亞絕不會有這種粗鄙的咒罵。偷摸自己屁股的性騷擾老頭、緊盯著自己胸部看的悶騷老頭、執拗地邀請她共度春宵的好色老頭，還有……唉，簡直沒完沒了。

她決定無視上頭的指示，在此刻做出撤退的判斷。要是之後因為這樣被降職，她就要痛毆那堆老頭一頓，然後再辭職。

然而，她和同伴現在被困在成群的食屍鬼裡頭。

想撤退也不是簡單的事。

「為時已晚……是嗎……」

克勞蒂亞這麼自嘲。她應該更早做出決定才對。

為求保住飯碗而沒能及時做出判斷的自己，比任何人都要來得愚蠢。

克勞蒂亞抽出腰間的劍，並做好覺悟。

她不打算為了魔劍士協會那些死老頭賭命，至於其他我行我素、只會以蠻力來解決問題的魔劍士，最後是死是活，她其實也覺得無所謂。

然而，沒能及時做出判斷的責任，她必須自己扛起。

「所有人撤退！由我殿後！」

她原本就是從一名魔劍士升遷到現在的職位。儘管身為女性，但她對自己的劍術很有自信。

「好耶，撤退嘍！」

「那就麻煩妳殿後啦！再會！」

其他魔劍士們紛紛後退。

克勞蒂亞一邊砍殺眼前的食屍鬼，一邊在內心怒吼：「好歹也留下一個人幫我吧！」

持續逼近的食屍鬼、不斷後退的魔劍士們，以及一邊奮鬥、一邊配合同伴的行動撤退的克勞蒂亞。

然而，獨自殿後的任務對克勞蒂亞來說實在過於沉重，她隨即迎來了界限。

在她因為踩到地上的血而失足滑倒後，食屍鬼群起撲了上來。

「咕……！」

克勞蒂亞閉上雙眼——就在同一個瞬間——

一名漆黑的魔劍士從夜空中降落。

「咦，你是……」

他一刀砍飛跨坐在克勞蒂亞身上的食屍鬼。那經過千錘百煉的精湛劍法，隨即吸引了克勞蒂亞的目光。

漆黑魔劍士收回手中的劍，然後壓低身子。

接著——

「殲滅一切吧……『漆黑旋』。」

語畢，漆黑魔劍士手中的刀，延伸成他的身高好幾倍那麼長。

下個瞬間，周遭掀起一股黑色旋風。

食屍鬼們有如被放進碎紙機的紙張那樣，被這股旋風碎屍萬段。在眨眼之間，成群的食屍鬼全數遭到殲滅。

「騙人……」

克勞蒂亞癱坐在地上，抬頭仰望眼前的漆黑魔劍士。

刀尖描繪出來的美麗軌跡，以及注入其中的高密度魔力，都讓她大為震撼。

他的實力異於常人——克勞蒂亞也是一名劍士，所以能夠明白這一點。

其他爭先恐後逃竄的魔劍士也紛紛停下腳步，以錯愕的表情望向漆黑魔劍士。

「那……那傢伙是怎樣……」

「他在一瞬間讓食屍鬼全滅了……」

協會的魔劍士們一陣騷動。

「情況開始失控了……這不是你們的能力所能應付……」

漆黑魔劍士毫不在意周遭的議論聲，只是以宛如來自深淵的低沉嗓音這麼表示。

「失控……？」

「月亮很紅，剩餘時間已經不多了……」

高掛在夜空中的紅色月亮。

印象中，克勞蒂亞還不曾見識過顏色這麼紅的月亮。

儘管覺得很詭異，但她並不明白月亮變紅的理由。

「紅月……難不成……」

這個瞬間，克勞蒂亞在腦中將無法治都市的現況，和某個童話故事的傳說串連在一起。

「難道這就是所謂的『紅月』現象嗎……！」

倘若真是如此，情況可說是相當危急。

在「紅月」出現的一千多年前，只消一晚，吸血鬼就摧毀了一個國家。

要是這樣的情況持續下去，就會讓千年前的慘劇重演。

「請……請等一下！我以魔劍士協會的職員身分，請求你給予協助！」

看到漆黑魔劍士轉身準備離去，克勞蒂亞連忙出聲喚住他。

他那異於常人的實力，想必能成為相當大的助力。但問題在於該如何說服協會高層那些死老頭……

「沒有必要——我馬上會讓這一切結束。」

漆黑魔劍士淡淡答道。

「你說會讓這一切結束……」

克勞蒂亞一陣戰慄。

「難不成，你打算自己一個人前去討伐『噬血女王』……？」

這是不可能的任務。

「紅月」期間的「噬血女王」，其破壞力可比天災。必須整個國家上下齊心協力，才總算得以與之抗衡。

不過，換成眼前這名漆黑魔劍士的話——或許並非絕對不可能。

「你……你究竟是……」

「吾名闇影……乃潛伏於闇影之中，狩獵闇影之人……」

他揚起黑色大衣的下襬，在鮮血形成的紅毯上前進。克勞蒂亞只能茫然目送他的背影離開。

「他就是闇影……」

克勞蒂亞輕聲呢喃。

闇影喀喀作響的腳步聲逐漸遠離。

沐浴在暗紅月色之下的他，朝聳立在遠方的「深紅高塔」走去。

「克里姆森大人，祭品的準備工作已經完成了。」

「是嗎……」

原本俯瞰著整座無法治都市的克里姆森，將視線移向浮現在夜空中的月亮。他有著一張清秀的臉蛋，以及往後梳的酒紅色髮絲。

「『紅月』……還沒開始嗎……」

月亮目前已經染上暗紅的色彩，但還不夠。為了確保最完美的結果，或許必須再靜待片刻。

「都市的壓制行動進行得如何？」

「一如原先的計畫般順利。只是……」

「只是？」

克里姆森轉頭，凝視欲言又止的部下。

男性部下一邊畏懼著他的目光，一邊繼續往下說。

「只是……一部分區域出現了超乎預期的反抗行動。」

「魔劍士協會嗎？」

「不，魔劍士協會那邊沒問題。強力反抗的一共有三人。其中一人是『妖狐』雪女，另一人是『暴君』加格諾。」

「是他們啊……」

克里姆森皺眉俯瞰下方的無法治都市。雖然成群的食屍鬼順利地拓展勢力，但仍有三大勢力試圖逆流反抗。

「純白高塔」的統治者「妖狐」雪女、「漆黑高塔」的統治者「暴君」加格諾。這兩人都曾讓克里姆森嚐到苦頭。儘管不想承認，但他的實力確實比那兩人略遜一籌。

不過，一切都到今天為止。

「紅月」開始了。只要女王復活，那兩人也只能葬身血海。

「咯咯咯……隨便他們去吧。反正他們也無法攻進這裡。只要『噬血女王』復活，就是吾等的勝利……」

克里姆森這麼笑道，朝被安置於房間正中央的一具棺材走近。

「我親愛的女王……我們馬上就能支配這個世界……」

他伸手輕撫棺材表面，而後發現了一件事。

「等等，你剛才說三個人？還有一個人是誰？」

除了雪女和加格諾以外，克里姆森不知道還有誰能在「紅月」出現的時期與自軍勢力相抗衡。

「關……關於這點，我們目前尚未查明。不過，這名人物不但獨力消滅了大量食屍鬼，甚至連我們派遣去增援的吸血鬼也全數被擊潰。」

「你說什麼……？」

「他叫做闇影。屬下等人判斷，他恐怕才是最大的威脅……」

「闇影……」

克里姆森皺起眉頭，輕聲重複這個名字。

I can't remember the moment anymore.
Yet, I had desired to become "The Eminence in Shadow"
ever since I could remember.
An anime, manga, or movie? No, whatever's fine.
If I could become a man behind the scene,
I didn't care what type I would be.
Not a hero, not an arch enemy,

The Eminence in Shadow

Not a hero, not an arch enemy,
but the existence intervenes in a story and shows off his power.
I had admired the one like that, what is more,
and hoped to be.
Like a hero everyone wished to be in childhood,
"The Eminence in Shadow" was the one for me.
That's all about it.

二章

踏進「深紅高塔」！

The Eminence in Shadow
Volume Three
Chapter Two

目前，有三個勢力前往「深紅高塔」。

一人是狂暴的「暴君」。

這名男子是古銅色的極惡之人。

他揮舞一把宛如巨大鉤刀的鐵塊，以蠻力將食屍鬼劈成兩半。

無人能夠靠近他。在踏入他攻擊範圍的瞬間，便會悽慘地化為絞肉。

另一人則是翩然起舞的「妖狐」。

這名女子是有著妖豔美貌的銀色狐人族。

她罕見的九條尾巴在黑夜中閃閃發亮。

雙手各持一把鐵扇的她，以像在跳舞的動作砍殺食屍鬼。

被她藏在和服之下的妖豔肌膚吸引目光之人，終將踏上無法再次醒來的旅程。

屠殺了大量的食屍鬼之後，兩人的前行之路交會。

「受死吧，狐狸精！」

「真是惱人的男子喲～」

「妖狐」靈巧地將「暴君」的巨大鉤刀四兩撥千斤。

巨大鉤刀猛地插進地面，揚起漫天塵埃。

「好久不見啦，『妖狐』。」

「暴君」加格諾以凶惡的面容獰笑道。

「奴家可不願跟你重逢呢。」

「妖狐」雪女以厭惡的語氣感嘆。

「既然都為了解決吸血蝙蝠而特地跑這一趟，我也順便讓妳死在這裡吧。」

說著，加格諾輕快地揮下手中的巨大鉤刀。

「奴家不喜歡太纏人的男人喲……」

雪女也舉起手中的鐵扇。

在兩人即將發動攻勢的瞬間，最後一個勢力也現身此地。

這名男子身穿漆黑長大衣，無聲無息地從夜空降臨。

同時，他也將追殺自己的三隻吸血鬼在一瞬間砍成碎片。

「暴君」為他熟練的一舉一動感到錯愕。

動作的流暢度、瞬間爆發力，以及深藏其中的壓倒性強大實力。這是連「暴君」都不得不認同的水準。

「妖狐」為他的劍技感嘆不已。

美麗精湛的揮劍動作、沒有一絲多餘的劍法，就連存活了漫長年月的她都是初次目睹。這淬煉到幾乎可說是藝術的劍舞，就連「妖狐」都深深感嘆。

「你這傢伙是何方神聖……？」
「您究竟是……？」
兩人同時發問。
漆黑男子轉身，甩掉劍刃上的血跡。
「吾名闇影。乃潛伏於闇影之中，狩獵闇影之人……」
於是，三大勢力交會於此。
三人以視線互相牽制。
雪女的雙眸宛如平靜的湖面那般澄澈。加格諾的兩隻黑色眼睛，散發出猶如猛禽的犀利氣勢。
闇影的雙眼，則是泛著無機質的紅色光芒──
「闇影……？我好在哪裡聽過這個名字。」
「根據傳聞，似乎是外頭世界的神祕武裝勢力『闇影庭園』的首領。」
「噢，這傢伙就是那個闇影啊。」
「奴家原本覺得那是個不值得信賴的八卦，但這位公子的實力，看起來一如傳聞所言呢。」
儘管暴露在兩人犀利的視線之下，闇影仍完全不為所動。
闇影的刀在風中嗡嗡作響。雪女撐開手中的鐵扇。加格諾將巨大鉤刀扛到肩上。
沉默的牽制又持續了片刻。
「要這樣繼續三人相親嗎？還是開始拚個你死我活？」
打破沉默的人是加格諾。

「這樣的話，奴家就和闇影公子一組吧。好嗎，闇影公子？」

說著，雪女以妖豔的眼神望向闇影。

「噢，你可得提防這隻混蛋狐狸喔。要是對她卸下心防，可會從背後被捅一刀呢。」

加格諾以鼻子哼笑道。

「——無聊。」

闇影轉身，完全不把現場緊繃的氣氛當一回事。

「『紅月』浮現，情況也跟著失控了……我可沒有時間奉陪你們。」

「竟然敢背對著我，你倒是挺游刃有餘嘛。」

加格諾怒瞪闇影的背影。

「他好像知道些什麼呢。『紅月』……奴家以前依稀在哪裡聽過……」

「老太婆記性很差呢，傷腦筋啊。」

「住口。如同闇影公子所言，咱們在這裡爭來爭去也沒有意義。自家的孩子被食屍鬼殺掉，讓奴家現在很生氣呢。你應該也是這樣吧？」

「少把我跟妳混為一談。無法治都市裡不需要三座塔。我只是覺得現在差不多可以滅掉其中一座了。」

「既然這樣，咱們現在就集中對付『噬血女王』吧。」

「哈！再會啦，臭老太婆。我下次會殺了妳。」

加格諾瞅了雪女和闇影一眼，接著便離開現場。

目送這樣的加格諾離開後，雪女出聲喚住闇影。

「請留步，闇影公子。奴家有聽說過您的事。奴家是這座都市裡的花柳巷的經營者。」

闇影斜眼看向雪女。

「奴家聽說，花柳巷裡有不少姑娘都承蒙闇影公子出手相救。真的受您關照了。不嫌棄的話，奴家希望能夠答謝您。」

「無須答謝……我原本並沒有打算救她們。」

語畢，闇影踩著喀喀作響的腳步離開。

「大家都很感謝您喲。公子為人真是謙虛呢。若是日後改變心意，請您來『純白高塔』走一遭。奴家會一直恭候您的到來……」

雪女朝闇影的背影一鞠躬。

「那麼，晚點再相逢。」

以豔麗的微笑這麼表示後，雪女便動身前往「深紅高塔」。闇影的身影也消失在夜色之中。

「看門狗」在「深紅高塔」靜待獵物上門。

他環抱著自己的枯瘦身體，坐在大門前方，臉上浮現醜惡的笑容。

他是過去被喚作「銀白惡魔」的一名殺人魔——不，是騎士才對。

曾經在某個國家擔任騎士團團長的他，一身潔白制服，再加上一頭動人白髮的外貌，看起來就是個盡力守護市民、符合世間理想的騎士。

然而，他的真面目，其實是每晚都在街頭瘋狂砍人的殺人魔。打從出生之後，他就喜歡殺人。鮮紅血液、慘叫聲，以及絕望的表情。他透過剝奪他人性命來實際感受自己活著。

但有一天，這樣的犯行被他的同事發現了。這個瞬間，他成了「銀白惡魔」。

「銀白惡魔」只消一晚，便將騎士團所有的成員殺光，然後逃亡。在逃亡途中也不停殺人的他，最後來到了無法治都市。

他無所畏懼，以為自己站在生存競爭的頂點上。

不過，在挑戰「深紅高塔」後，他的幻想就被粉碎了。被稱作「銀白惡魔」、讓人聞風喪膽的這名男子，在克里姆森面前完全無力還擊。他只能單方面地被凌遲、悽慘地不停求饒。

現在，他成了「看門狗」。

就連殺人的自由都被剝奪了。

以殺人為生存意義的他，失去了繼續活下去的理由……

不過，能夠瘋狂殺人的絕佳機會，此刻降臨在他身上。

「嘻嘻……」

在「紅月」浮現後，大部分的吸血鬼都離開了高塔。

會指責他的行動的人都不在了。在「紅月」浮現的期間，他可以自由殺戮。

因此，「銀白惡魔」在這裡等待獵物上門。此刻的他不再是「看門狗」，而是等待著讓自己殺害的獵物出現的「銀白惡魔」。

據說，為了討伐「噬血女王」，魔劍士協會已經來到無法治都市。希望有人能夠抵達這座「深紅高塔」──「銀白惡魔」懷抱著近似於祈禱的心情，靜待獵物現身。

而後──

一陣粗野的腳步聲傳來。是他心心念念的獵物。

「嘻……嘻嘻？」

「銀白惡魔」萬分欣喜地抬起頭。出現在他眼前的，是一名古銅色的極惡之人。遍布整個身體的結實肌肉，以及長度超過男子本人身高的巨大鉤刀。

男子以犀利無比的目光瞪視著「銀白惡魔」。壓倒性的暴力具現體就在眼前。錯不了的，他就是無法治都市的統治者之一「暴君」加格諾。

「別擋路，閃邊涼快去。」

「噫……」

「銀白惡魔」隨即移開視線，並從大門前方退開。

「銀白惡魔」很清楚世上有人比自己更強大。無法治都市的統治者以及旗下幹部都惹不得。過去向克里姆森挑戰的經驗讓他上了一課。

「真礙事。」

「暴君」走到大門前，直接揮下肩上的巨大鉤刀，將門劈個粉碎。

「噫！」

「銀白惡魔」縮起身子，望向被破壞殆盡的大門。

那是一扇用鐵礦石強化過的厚重門板，即使是魔劍士也無法輕易破壞。這名只消一擊便輕易摧毀門板的男子，現在踏進了「深紅高塔」。

接下來會發生什麼事呢──「銀白惡魔」不禁害怕起來。

這時，他聽到後方傳來另一道腳步聲。

這輕巧又柔和的腳步聲，絕對來自於女人。女人的肉很柔軟，手感非常好。

「銀白惡魔」帶著凶惡的笑容轉身。

出現在他眼前的，是妖豔動人到難以想像存在於這個世上的美女。

豔麗的銀髮和狐狸耳朵，以及插在和服腰帶上的兩把鐵扇。

只看到這裡還沒問題。

然而，她的身後有著搖曳的九條狐狸尾巴。

「噫！」

錯不了的。她是無法治都市的統治者之一「妖狐」雪女。

「讓一讓。」

「噫噫！」

在她開口之前，「銀白惡魔」便退避到一旁。這可是就算他竭盡全力，也打不過的超級強者。他蜷縮在角落發抖，仰望一旁的「深紅高塔」。

被「暴君」和「妖狐」入侵的這座塔不要緊嗎？怪獸大戰要開始了嗎？

這時，後方再次傳來一道腳步聲。

聽著喀喀作響的腳步聲，「銀白惡魔」笑了。

既然「暴君」跟「妖狐」都已現身，接下來就不會再有更勝他們之人造訪此處。

一如他所想，出現在眼前的是一名陌生的黑衣男子。

他身穿一件漆黑長大衣，頭上的兜帽拉得很低，以面具掩藏自己的半張臉。

然而，「銀白惡魔」無法從這名男子的一舉一動判斷他的實力。像「銀白惡魔」這種程度的強者，可以在戰鬥前看穿對方大致的實力，但他卻看不出這名大衣男子的任何情報。

不過，跟「暴君」或「妖狐」相比的話，想必沒什麼大不了的。

——這可是他期待已久的獵物。

「……嘻嘻！」

在黑衣男子步入自己攻擊範圍的瞬間，「銀白惡魔」朝他揮刀。

——成功了。

這麼想的下個瞬間，「銀白惡魔」發現自己在仰望夜空。

「嘻……？」

他一頭霧水地環顧四周，發現自己的下半身還站在原地。

接著，被利刃砍斷而和上半身分家的下半身，在冒出汩汩鮮血後無力倒下。

這一刻，「銀白惡魔」終於明白自己被攔腰劈成兩截。

「嘻……嘻……」

將自己劈成兩半後，「銀白惡魔」原本以為黑衣男子會直接走進「深紅高塔」，沒想到他竟然一腳踩上高塔外牆，就這樣垂直地往上方衝刺。

「噫！」

持續噴出鮮血的「銀白惡魔」不禁懷疑起自己的雙眼。

不過，事情還沒結束。在外牆上奔跑到一半時，黑衣男子突然停下腳步，狠狠地在牆上打出一個大洞，然後從那裡鑽進塔內。

簡直亂來一通。

這名男子比剛才那兩人更加危險……

「銀白惡魔」終於頓悟，他對絕不能出手的生物出手了。

「嘻……嘻……」

在殞命前一刻，他回想起「對了，那邊好像是寶庫的位置」這件事。

鏗、鏗、鏗——聽到這陣像是在敲打什麼東西的聲響，原本在讀書的貝塔抬起頭來。

她環顧寬廣的圖書室，發現某處的牆壁和這個聲響同步震動著。

有人在外頭敲打牆壁嗎？

這麼想的瞬間，牆壁突然應聲崩落，兩名女性和瓦礫粉塵一起跌進圖書室裡。

「好痛！」

「啊嗚……」

黑髮少女直接摔個狗吃屎，紅髮女子則是一屁股跌坐在她身上。

「好痛～這面牆壁意外脆弱耶。」

黑髮少女按著鼻子抬起頭來。貝塔對這張臉有印象。她是貝塔效命的主人的姊姊克萊兒・卡蓋諾。

「所以我才要妳更慎重行事嘛……」

紅髮的美麗女子面無表情地回應。

「要是拖拖拉拉的，會趕不上呀。我說，瑪莉，妳可以起來了吧？」

「啊，抱歉，克萊兒。」

紅髮女子從克萊兒身上爬下來。兩人站在原地拍去衣物上的沙土。

「話說回來，這裡是哪裡？」

「應該是『深紅高塔』的地下階層……」

「這裡是『深紅高塔』的地下圖書室。」

貝塔回答了兩人的疑問。

這時，克萊兒和瑪莉才終於察覺到坐在椅子上的她。

「……似乎馬上被發現了呢。」

「所以我才說要謹慎行事……」

「對不起啦。不過，從情況看來，我們大概不管怎麼做，都會被發現吧。」

兩人同時拔劍出鞘，和坐在圖書室椅子上的貝塔對峙。

貝塔嘆了一口氣，闔上手中的書本。

「沒想到……會有人從牆壁另一頭鑽進來呢。雖說得把目擊者收拾掉才行，不過……」

貝塔瞄了克萊兒一眼，然後這麼輕喃。

「這下子恐怕不能這麼做嘍～妳們也不要出手喔。」

貝塔悄聲下達指示。但不管怎麼看，這個地方都只有三個人。

「我沒有跟妳們戰鬥的意思。可以請妳把劍收起來嗎，克萊兒小姐？」

「……！妳認識我？」

「妳是武心祭的冠軍克萊兒・卡蓋諾小姐對吧？」

「看來我也變得挺有名呢。可以啊，告訴我妳是什麼人，還有妳的目的為何。如果判斷妳不是敵人，我們也會退讓一步。」

「等等，克萊兒……」

「我們沒有可以耗費在無謂戰鬥上的閒暇時間吧？她看起來不像跟『噬血女王』有關的人物，而且……還是很難應付的對手。」

克萊兒露出犀利的視線這麼說。

雖然只是悠哉地坐在椅子上，但貝塔有一種讓人無法輕易抽刀攻擊的氛圍。

「似乎是這樣呢。」

身穿黑色戰鬥裝束，又以面具隱藏自身面貌的貝塔，看起來確實不像跟「噬血女王」有關的人物。真要說的話，或許跟克萊兒這種入侵者比較像。

「我是什麼人，還有我的目的為何……這個嘛，我跟妳們一樣，是入侵『深紅高塔』的勢力。」

「再說清楚一點。」

「那會有點長喔。」

「詳細又簡潔地說明吧。」

「哎呀，好困難喲。」

貝塔聳肩。

「我是『闇影庭園』的貝塔。因為有些事要辦，所以前來『深紅高塔』叨擾。」

「哦～傳說中的『闇影庭園』來這裡做什麼？」

「這個……該從哪裡開始說起呢？我也有可以說出來的事跟必須保密的事。我想想……我們基於某些原因，正在進行〈惡魔附體者〉的研究，所以想要一些始祖的血來當樣本呢。」

「〈惡魔附體者〉……！」

「為什麼會需要始祖的血……」

克萊兒對〈惡魔附體者〉一詞做出反應，瑪莉在意的則是始祖之血。

「或許，〈惡魔附體者〉的血和始祖之血，原本其實是同樣的東西，只是在血脈繼承的過程中，症狀不知為何產生異變而已。在進行研究後，我們建立了這樣的假設。」

「這種說法是在褻瀆始祖……」

瑪莉的眼神變得犀利，握著劍的手也跟著使力。

「只是假設罷了。我們沒有要褻瀆始祖的意思，只是需要她的血液來進行確認而已。我很好奇妳為何會動怒呢，『最資深的吸血鬼獵人』小姐。」

「——！妳也認識我嗎……」

「我有聽過妳的傳聞。」

「這樣啊……既然如此，請妳不要妨礙我。」

「好的，沒問題。」

儘管一雙眼睛仍怒瞪著貝塔，但瑪莉總算也收起手中的劍。貝塔聳聳肩，將看到一半的書本再次攤開。

「不愧是長生不老的吸血鬼的圖書室，這裡收藏的盡是珍貴的資料呢。那麼，克萊兒小姐也能夠接受我的說法嗎？」

貝塔一邊看書一邊這麼問道。

克萊兒交互望向瑪莉和貝塔，似乎在思考些什麼。

「回答我一個問題。」

克萊兒以認真的表情筆直望向貝塔。

「如果是我能回答的問題的話。」

察覺到她的視線後，貝塔抬起頭來。

「〈惡魔附體者〉有辦法治好嗎？」
貝塔沒能馬上回答這個提問。
她凝視著克萊兒的臉，無語地思考了片刻。
「關於這一點……我沒辦法回答妳。不過，我可以斷言的是，妳無須憂心這個問題，克萊兒小姐。」
「這是什麼意思？」
「就是字面上的意思。」
貝塔翻動書頁，看起來已經無可奉告。
克萊兒輕輕咂嘴後轉身。
「我們走吧。」
當兩人準備離開圖書室時，貝塔喚住了她們。
「等等，克萊兒小姐。可以問問妳怎麼會跟『最資深的吸血鬼獵人』聯手，一起入侵『深紅高塔』嗎？」
「妳問這個做什麼？」
「只是有點在意而已。」
克萊兒皺起眉頭回答：
「我弟弟席德被『噬血女王』抓走了。要是不快點去救他，他會被當成『噬血女王』的祭品。」

「妳的弟弟……？」

貝塔微微歪過頭。

「這是真的嗎！」

這時，原本只有三個人在的圖書室，突然響起了第四個人聲。

三人朝聲音傳來的方向望去，發現那裡不知何時佇立著一名女性。她同樣穿著黑色戰鬥裝束，以面具遮掩臉龐。

「六六六號，不得逾矩。」

「可是……！抱歉……」

看起來恨不得馬上衝出去的六六六號，按捺住這樣的念頭，低垂著頭退至後方。

「可以了嗎？我們要走嘍。」

克萊兒將手按上圖書室的大門。

「最後，再讓我問一個問題。沒有能再次邁向『安歇之地』的方法了嗎……？」

「什麼意思？」

克萊兒轉身。

不過，貝塔的目光並沒有落在克萊兒身上，她只是平靜地望向瑪莉。

「啊，等等……」

瑪莉別過臉去，一語不發地打開大門離開圖書室。克萊兒連忙追了上去。

再次恢復靜謐的圖書室，暫時只剩下翻動書頁的聲音。

「六六六號，妳的表現很失常……」

翻著書的貝塔這麼開口。

「屬下萬分抱歉……」

六六六號低頭賠罪。

「拉姆達認同妳的實力，阿爾法大人也對妳寄予厚望。這下子得扣分了。妳們兩個也應該確實支援她才對。」

「非常抱歉。」

「對不起～」

兩名少女出現在六六六號的身旁。

「這是六六六號第一次實戰訓練。六六四號，身為分隊長的妳也有責任。」

「是……」

「以後多注意。再跟妳們確認一次，我們所負責的任務，是來自研究室的委託，亦即回收始祖的血液樣本。不過，既然闇影大人表示他要負責收拾『噬血女王』，我們便不能擅自行動。所以，在闇影大人抵達之前，我們必須在這間圖書室裡調查資料，並回收重要文件。好了，繼續處理妳們手上的工作吧。」

「是。」

收到指示後，三人迅速開始進行作業。

一如瑪莉所料，「深紅高塔」裡頭幾乎沒剩下多少吸血鬼。

不過，並非完全沒遇上。前進途中，瑪莉和克萊兒零星地遭到吸血鬼們襲擊。

克萊兒揮劍砍下吸血鬼的腦袋，然而，對方的身體仍在動。

「刺穿他的心臟！」

克萊兒遵照瑪莉的指示，一劍刺穿了無頭吸血鬼的心臟。下一刻，對方的心臟四周開始龜裂並透出紅光，最後化為一堆灰燼。

瑪莉在克萊兒後方解決掉最後一個吸血鬼。

即使三番兩次被吸血鬼襲擊，克萊兒仍能毫髮無傷地來到這裡，都是多虧了瑪莉的協助。

儘管魔力量不及克萊兒，但瑪莉的劍技十分精湛。更重要的是，她十分習於和吸血鬼交手。

大部分吸血鬼都是仰賴自己的體能戰鬥，倘若得以好好戰鬥，能輕易想像到會因吸血鬼俐落到人類遠不能及的動作，以及驚人的再生能力而陷入苦戰。

然而，瑪莉彷彿已經徹底摸透了吸血鬼的戰鬥模式，總是能早一步預測對方的動作，再迅速而確實地予以因應。

她的助力，是想拯救弟弟的克萊兒所不可或缺的。克萊兒很明白這一點。

然而，儘管如此——她仍無法按捺這個疑問。

「妳是不是在隱瞞什麼？」

看著以略微憂鬱的眼神凝視吸血鬼灰燼的瑪莉，克萊兒開口這麼問。

「隱瞞……？」

瑪莉以看不出任何情緒的表情轉過頭來。

「剛才在圖書室裡的時候，妳有些反常。好像站在吸血鬼那邊似的。妳不是要討伐『噬血女王』嗎？」

「我會這麼做。」

「哎呀，是嗎？那我問妳，妳為什麼對吸血鬼如此熟悉？從妳的戰鬥方式就能看出來。錯不了，妳絕對很了解吸血鬼，比任何人都了解得更深入。」

「因為，我是為了討伐『噬血女王』而活到今天……」

「我想說的是，如果只是因為這樣，未免太不自然了。不然，貝塔在圖書室最後說的那句話是什麼意思？安歇之地是什麼？再次邁向那裡的方法又是？」

克萊兒的語氣慢慢變得強硬。

但瑪莉沒有回答。

「妳這樣悶不吭聲，我怎麼會知道呢？」

「妳不也一樣嗎，克萊兒？」

「咦？」

「妳也隱瞞了什麼吧？妳為什麼那麼執著於〈惡魔附體者〉？」

「我……」

「〈惡魔附體者〉怎麼可能治得好呢。」

「……說得也是。」

克萊兒咬住下唇。

「每個人多少都會有難言之隱，沒錯吧？」

「……我們不要追究彼此的隱私，我會協助妳討伐『噬血女王』，妳則是協助我把弟弟救出來。」

「這樣就行了……」

而後，兩人沒有再望向彼此，直接往高塔上方走去。

「等等。」

片刻後，走在前方的瑪莉停下腳步。

「怎麼了？」

「前方有人正在戰鬥。」

兩人躡手躡腳地朝聲音傳來的方向走去。戰鬥似乎是在眼前這扇大門的另一側進行著。然而，這裡沒有其他路可走。

「看來只能進去了……」

「先把門打開一點縫，窺探裡頭的情況吧。」

聽到克萊兒的提議，瑪莉點點頭，從門縫觀察內側的狀況。

裡頭是個看起來像大廳的空間，可以從巨大的出入口窺見高掛在夜空中的紅色月亮。

在那裡，一名古銅色肌膚的高大男子揪住吸血鬼的頸子嗤笑道：

「太弱啦……」

男子的巨大鉤刀沾滿鮮血，所在處的四周則是充斥著食屍鬼的肉塊和灰燼。

「你是幹部對吧？我記得你這張臉。克里姆森人在哪兒？」

古銅色男子掐著吸血鬼的頸子這麼問。

「誰……誰知道……」

「不可能告訴我嗎？」

「不對……是……沒必要跟你說……」

這麼說的瞬間，吸血鬼化為一陣血紅色的霧氣。這是只有高階吸血鬼才能使用的「霧化」。

「哦？」

古銅色男子手中之人消失，血紅色霧氣聚集到他的身後。

吸血鬼的手從霧氣之中浮現，尖銳的爪子朝古銅色男子揮下。

不過，古銅色男子並沒有望向他的背後。

「我的直覺可是很準的……」

他只是隨意揮動了手中的巨大鉤刀。
一陣驚人的風壓朝大門襲來，瑪莉和克萊兒連忙伸手按住門板。
兩人再次望向裡頭時，那裡只剩下宛如絞肉般悽慘地散落各處的吸血鬼肉塊。
這些肉塊隨即化為灰燼。
「那傢伙是什麼人呀……」
看起來不是吸血鬼，但也不像是我方的伙伴。
「他是無法治都市的統治者之一，『暴君』加格諾。不要和他交手比較好。他剛才殺害的吸血鬼，是『噬血女王』的幹部，也是族群中實力排行第三的強者……」
「那樣是第三……」
「暴君」和那名幹部之間的實力差距，大到讓人實在無法想像。
「躲起來等他離開吧……」
克萊兒點頭同意瑪莉的提議。
然而，「暴君」的嗓音從門的另一頭傳來。
「我的直覺很準……妳們在那裡吧？」
「唔！」
下一刻，大門被打個粉碎。
橫砍的巨大鉤刀從門的另一頭襲來，兩人在千鈞一髮之際蹲低身子，躲過了這波攻擊。象徵暴力的巨響從她們的上方傳來。

「兩個小丫頭啊。」

被粉碎的大門後方，是俯瞰著克萊兒和瑪莉的「暴君」。

「糟糕透頂。」

「看來只能動手了。」

看到兩人拔劍，「暴君」笑出聲來。

「雖然看起來不像吸血鬼……無妨，妳們就死在這裡吧。」

接著，他揮下手中的巨大鉤刀。

兩人分別朝左右跳開，躲避這把巨大鉤刀的攻擊。

巨大鉤刀直接劈向地板，碎裂的瓦礫四處飛散。

在飛舞的碎瓦礫之中，「暴君」以犀利的眼神望向眼前的兩名獵物，最後鎖定距離自己比較近的克萊兒。

他大剌剌地逼近，以粗壯的雙臂握住巨大鉤刀，又是一記橫砍。

不過，克萊兒也仔細觀察了「暴君」的一舉一動。

「暴君」的攻擊兼具力量與速度。不過，基於武器的特質，他的動作必定會很大。無論再怎麼迅速，克萊兒應該都有能力看穿。

最後，克萊兒用劍四兩撥千斤地揮開了暴君這記攻擊。

然而，遠超過想像的猛烈衝擊，讓她的表情變得扭曲，接下來的動作也出現一瞬間的延宕。

不過，這樣的一瞬間對「暴君」而言已經足夠。

「劍士這種生物，每個人的動作反應都一樣呢……！」

不知何時，「暴君」變成只用一隻手握住巨大鉤刀。

另一隻空閒的手──直接朝克萊兒的臉揍了下去。

「克萊兒！」

意圖衝過去支援她的瑪莉，被「暴君」瞪得停下腳步。要是輕舉妄動──就會死。

被打飛之後，克萊兒在地上滾了好幾圈。但最後，她像是什麼事都沒發生過那樣站起來。

然後啐了一口血。

「好痛～我的嘴巴裡都裂開了耶……」

克萊兒怒瞪「暴君」這麼說。

「暴君」靈巧地抬起單邊眉毛嗤笑。不知為何，他的腹部出現了淺淺的割傷。

「跟我交手的人，多半在這次攻擊後就一命嗚呼了。妳倒是挺習慣的啊。」

「因為我有個手腳不乾淨的弟弟呢。」

僅管鮮血從口中溢出，克萊兒仍露出染血的牙齒笑著回應。

臉狠狠挨了一拳之後，她設法減弱這記攻擊帶來的衝擊，同時朝「暴君」的腹部揮刀。

克萊兒像是在確認自己的動作那樣揮了幾下劍，啐了一口帶血的唾液。

「只懂得施展暴力的男人。你沒有任何戰鬥技巧可言。」

雖然嘴上這麼逞強，但她其實並沒有自己說得那麼游刃有餘。嘴裡那道很深的傷口仍不停淌血，剛才吃了一拳的衝擊也讓她頭暈目眩。

選擇兩敗俱傷實為失策。兩人的攻擊力相差太多了。

「是啊，沒錯，我沒有學過武術……因為那對我來說根本沒必要！」

語畢，他再次襲向克萊兒。

「暴君」的強大之處，在於他天生的優異體能和龐大魔力，以及壓倒性敏銳的戰鬥神經。他的戰鬥不需要技巧。那對他來說只是枷鎖。

克萊兒再次以四兩撥千斤的方式，帶過這記憑蠻力使出的斬擊。

然而，試圖接下這個攻擊的她，身子仍被震得往後退。

雙腳無法站穩，方才的攻擊為腦部造成了損傷。

「——！」

「暴君」可沒有天真到會錯過這樣的破綻。

他用力揮出手中的巨大鉤刀……

「說過了吧？我的直覺很準呢……」

接著是一道橫砍。

這個攻擊完全沒有觸及到克萊兒的身體，而是以驚人的速度從她旁邊掃過。

大量的鮮血噴濺在克萊兒的側臉上。

「……咦？」

克萊兒平安無事。

她望向一旁，看到腹部被砍傷的瑪莉。

咳哈……！一聲。

瑪莉吐血癱坐下來。

「瑪、瑪莉！」

「每個劍士真的都只會做出一樣的動作耶。那傢伙一直在等待我掉以輕心的瞬間，我則是在等待她對我發動攻擊的瞬間……就是這麼一回事。」

「暴君」以宛如凶神惡煞的面容嗤笑道。

克萊兒目光泛淚地衝向無力癱坐在地的瑪莉身邊。

「瑪莉……啊啊，怎麼會這樣……」

這道斬擊已經傷及內臟——是致命傷。

克萊兒將手撫上她的傷口，並開始注入魔力。

但瑪莉拒絕了她的手。

「咳哈！把血……咳！」

瑪莉凝視著克萊兒，一邊吐血，一邊試著說些什麼。

「瑪莉，妳別動……！」

然而，瑪莉仍緊緊握住克萊兒的手，拚命道出自己的訴求。

「克萊兒……抱歉……讓我……吸妳的血……」

「咦，吸我的……？」

下一刻，瑪莉將臉湊近克萊兒，吻上她的唇瓣。

「嗯……嗯唔唔！」

克萊兒錯愕地瞪大雙眼。

瑪莉吸吮著從克萊兒唇瓣之間流淌出來的血液。

接著，她的雙眼染上一片鮮紅。

「妳做什摸……！」

克萊兒伸手想推開瑪莉。但此刻，後者早已從她的眼前消失。

「咦？」

「咕！」

在克萊兒錯愕的同時，「暴君」痛苦的呻吟聲傳來。

她轉身一看，發現手被砍傷的「暴君」仰望上方。

「上面……？咦，瑪莉？」

瑪莉浮在半空中。她的雙眼透出鮮紅的光芒，尖銳的犬齒也從口中探出。

而她腹部的傷口，此刻已經完全癒合了。

「原來是這麼一回事啊……有意思。」

「暴君」像是肉食動物那樣笑道，瑪莉臉上則是浮現悲傷的笑容。

接著，「暴君」的巨大鉤刀和瑪莉的劍交鋒。

這兩人現在——勢均力敵。不，應該是「暴君」略微占上風。

「真不賴啊……！」

「唔！」

激烈摩擦的兩把武器之間迸出火花。

「不過——更厲害的人是我。」

下個瞬間，瑪莉整個人被打飛。

「暴君」憑蠻力使出的這記揮砍，讓地上的瓦礫四處飛濺。

「瑪莉！」

狠狠撞上牆壁的瑪莉再次無力地跪在地上。

「咕……身體還……不適應血……」

「結束了呢。」

在克萊兒的注意力完全落在瑪莉身上時，「暴君」已經來到她的跟前，高高舉起手中的巨大鉤刀。

來不及了。

「席德……對不起……」

在生命的最後一刻，克萊兒想的仍是自己的弟弟。

——就在這時——

「……覺醒的時刻接近了。」

身披漆黑大衣的男子，突然降落在「暴君」和克萊兒之間。

「啥！你這傢伙想幹嘛？」

「……礙事。」

他流暢地撥開襲來的巨大鉤刀，隨意伸出腳往上一踢。

雖然隨意，速度卻快得無法想像。

這一腳將「暴君」遠遠踹飛。

「暴君」以驚人的速度將牆壁撞出一個大洞，嘔出鮮血。

不幸的是，這道牆壁正是高塔的外牆。

失去立足點的「暴君」自由落體往下墜。

「闇影你這混蛋喔喔喔喔喔喔喔喔喔喔喔喔喔喔喔喔喔喔喔……！」

這陣吶喊聲逐漸遠離。

「你……就是闇影……」

克萊兒仰望著闇影的背影開口。

目睹這種自己遠不能及的壓倒性強大力量，一般人應該都會懷抱戒心。

然而，不知為何，克萊兒卻有種安心感。

她不明白自己為何會對理應是初次相遇的闇影湧現這樣的感情。

只是，她無法將視線從他的背影移開。

「剩下的時間不多了……」

下一刻，闇影的身影突然消失無蹤。

「啊……」

宛如幻覺那樣煙消雲散。

「闇影……」

克萊兒的胸口浮現一股落寞。

「那就是闇影……他救了我們嗎？」

起身的瑪莉開口。

「大概……」

「竟然一腳就把那個『暴君』……」

「瑪莉，妳的傷勢還好嗎？」

「不要緊。那個……抱歉，克萊兒，剛剛突然吸妳的血。」

「是沒關係啦……那個，妳打算隱瞞的事，難道……」

「嗯，我是吸血鬼……」

「這樣啊……」

「我會告訴妳一切。我是什麼人、有什麼目的，以及『噬血女王』的真相……」

瑪莉以哀傷的眼神娓娓道來。

過去，瑪莉曾是「噬血女王」伊莉莎白的部下。

那是吸血鬼仍統治著夜晚的時代。當時，伊莉莎白在眾始祖之中格外強大。

吸血鬼們把狩獵人類當成一種遊戲，將吃剩的屍骸隨意棄置。對大部分的吸血鬼來說，人類充其量只是一種下賤的家畜，甚至有些國家是吸血鬼在統治人類。

對吸血鬼而言，那是他們的黃金年代。

不過，儘管生活在這樣的時代，但伊莉莎白對超過需求的狩獵行為相當反感。

只獵取用以維持生命的量，不恣意奪走人類的性命。有許多吸血鬼反對她的做法，因此，儘管擁有強大的力量，願意服從伊莉莎白的部下卻很少。

然而，吸血鬼們隨後便迎來了他們歷史中的黑暗時期。

反過來被人類狩獵、宛如惡夢般的時代。以吸血鬼王國的滅亡為開端，人類陸陸續續挺身反抗吸血鬼，讓他們在轉眼間數量銳減。

這段時期，伊莉莎白在某個由人類統治的小國裡擔任領主，和部下一同負責守護國境。在那裡，吸血鬼和人類會一同下田耕作、一同和魔物戰鬥、一同治理領地。

在她的領土上，吸血鬼不會鄙視人類，人類也不會畏懼吸血鬼。能夠建立起這樣的關係，全都是因為伊莉莎白及其部下不會吸食人類的血液。

吸血鬼必須攝取人類的血液才能活命。

伊莉莎白親自以戒斷人血的行動，證明了這樣的常識其實是錯誤的。

始祖的吸血衝動比一般吸血鬼強烈幾十倍。她想必經歷過難以想像的痛苦。然而，在簡直如狠狠咬住自己手腕的痛苦中，她成功戒斷了人血。目睹這樣的她，部下們也追隨她的選擇。

戒斷人血的吸血鬼會逐漸失去力量，變得跟一般人類沒什麼兩樣。

不過，他們也會取而代之地獲得一些東西。

那就是在陽光之下生活的能力。戒斷人血的吸血鬼，能夠像人類那樣生活在陽光普照的美麗世界之中。

另外，他們還獲得平靜祥和的心。透過戒斷人血、在太陽底下生活等行動，吸血鬼的吸血衝動會逐漸減弱，讓他們的精神世界慢慢和人類同化。

不過，在這樣的環境之下，只有始祖伊莉莎白的力量依舊十分強大。

因為照射到陽光會導致皮膚潰爛，伊莉莎白外出時必定要撐著黑傘。之所以不至於化成灰燼，是因為大部分的始祖原本就對陽光有一定的抵抗力。

並且，即使戒斷了人血，她強烈的吸血衝動依舊沒有消失。

儘管承受著這樣的痛苦，仍撐著黑傘和其他人同樣在白天活動的伊莉莎白，將部下聚集在一起後這麼表示：

「就在這裡建立起安歇之地吧。建立一個能夠讓吸血鬼和人類化解隔閡，一起幸福生活的地方……」

之後，她持續收留遭到人類追殺的吸血鬼，讓他們歸化成自己的部下。

當然，前提是必須戒斷人血。

但也有吸血鬼鄙視伊莉莎白這樣的做法並表示反抗。這種時候，她會露出悲傷的表情將對方驅逐出境。若是不願服從，她會親自動手。

不知不覺中，全世界遭受到人類迫害的吸血鬼，都開始聚集到伊莉莎白身邊。

人口慢慢增加，人類與吸血鬼的血脈相互融合，領土也變得繁榮。擁有強大力量又受到國家保護的她，領地從不曾有吸血鬼獵人現身過。

她的理想「安歇之地」確實就在這裡。

但願所有人都能得到幸福——她這麼期望著。

然而，「安歇之地」只消一晚便毀滅了。

那是個「紅月」浮現的夜晚。

為了壓抑隨著時間經過而逐漸變強的吸血衝動，伊莉莎白將自己關在城裡。

當時，瑪莉是她麾下的頭號幹部，其次則是克里姆森。

這兩人負責輪流送餐到伊莉莎白的房間。事件在克里姆森送餐那晚發生。

克里姆森在伊莉莎白的餐點裡頭摻入了人血。

換作是平常，伊莉莎白應該會在用餐前就察覺到人血的氣味。就算不慎吃下，她或許也能夠壓抑住衝動。

然而，這晚是「紅月」。

長時間戒斷人血的她，沒能壓抑衝動而整個人失控了。克里姆森與他的部下也趁著這個機會群起叛亂。

失控的伊莉莎白和克里姆森等人，只花了幾小時，便將領土裡的人類啃食、殺害殆盡。

只把人類當成家畜看待的吸血鬼，終究無法和人類和平生活在一起。

伊莉莎白的理想「安歇之地」……最終只是幻想。

其他戒斷人血的部下，因為完全沒有力量反擊，只能倉皇逃跑，然後被殺害。

除了瑪莉以外。

為了阻止伊莉莎白，她吸食了屍體的血液。

然後追著伊莉莎白等人離開了領土。

伊莉莎白等人的氣勢宛如脫韁野馬。在同一天，她又摧毀了另一個小國，將國王大卸八塊。

瑪莉沒能趕上。

伊莉莎白失控的狀態就這樣持續了三天，其後，又有三個國家遭受到幾近亡國的損害。

當瑪莉找到伊莉莎白時，已經是一切都結束的夜晚。

看著被自己毀滅的國家，伊莉莎白哭了。

「為了避免我再次犯下相同的過錯、避免我再次甦醒，把我的灰燼扔進海裡吧……」

說著，她用劍刺穿自己的心臟，然後倒地。

照理說，伊莉莎白應該就這樣化為灰燼才對。

但她並沒有。刺進胸口的那把劍，以分毫之差和伊莉莎白的要害錯開。

她停止呼吸，心臟也不再跳動。

看起來像是已經死了。

但其實還活著。

只要讓她嚥下人類的鮮血，伊莉莎白想必馬上就會復活。

相對的，只要讓胸口的劍更深入一些，她想必就會瞬間化為灰燼吧。

瑪莉兩者都做不到。

她無法違背主人的指示，卻也無法殺死主人。她決定將進入永眠狀態的主人放進棺材裡藏匿起來，並永生永世守護那具棺材。

「那是個愚蠢的決定。過了幾年後的某天，克里姆森搶走了伊莉莎白大人，打算再次利用她。戒斷人血的我，沒有力量守護伊莉莎白大人。要是千年前的悲劇再次發生，我真不知道該怎麼向自己的主人賠罪才好……」

瑪莉以悲傷的表情笑道。

「這就是我的一切。我不是人類，而是吸血鬼。抱歉一直瞞著妳……」

「沒關係，我也一樣。其實，我說不定是〈惡魔附體者〉。以前，我的背上曾經浮現一塊黑斑，而且還愈變愈大。不過，自某天開始，這塊黑斑突然不再擴大，最後甚至在不知不覺中徹底消失了，就像一場夢那樣。如果那塊黑斑就是〈惡魔附體者〉的證據，那麼，我遲早會變成怪物……為了讓弟弟在我離開人世前加入騎士團，我才會強行把他帶來這裡。可是，他卻在我不注意時被擄走……倘若席德有個什麼萬一，我真不知道該怎麼跟他道歉才好……」

「原來是這樣……」

至此，兩人沉默了片刻。

「我不覺得『安歇之地』只是幻想。沒有辦法重來嗎？」

克萊兒實在不覺得伊莉莎白的選擇是錯誤的。可以的話，她希望能從旁給予協助。

但瑪莉只是搖搖頭。

「我不想再犯下相同的錯誤了。」

「是嗎……如果妳不願意，那就由我來協助她吧。把伊莉莎白綁架過來，再撐到『紅月』結束的話，她應該就不會失控了。」

「克萊兒……妳為什麼要做到這種地步？」

「等『紅月』結束後，我要讓她醒過來。到時候，妳們再好好談一談吧。」

「可是……伊莉莎白大人想必渴望一死……」

瑪莉垂下頭思考。千百種糾葛的情緒在她心中翻攪。

「這種事情，要跟對方好好溝通過才會知道吧？這種結束方式太悲傷了。對妳、伊莉莎白，以及死去的那些人來說，都過於悲傷……」

克萊兒靠近凝視瑪莉的一雙眸子，然後微笑。

瑪莉的眼中充滿迷惘。其實，她也不願意用這樣的方式結束一切。

「妳們的目標『安歇之地』並不是幻想。我是這麼認為的。所以，大家一起笑著迎接結局吧。」

「抱歉……給妳添麻煩了。」

瑪莉抬起原本低垂的頭，然後點點頭。

「別在意。好啦，那我們就去把克里姆森打飛，再把沉眠的女王綁架過來吧。」

「嗯。也絕對要把妳的弟弟救回來。」

聽到瑪莉這麼說，克萊兒一瞬間停下動作。

「要把席德救回來的人是我。妳不要搶出頭。」

「啊，嗯……」

「妳就負責支援我美麗又華麗的救援行動吧。」

「……我知道了。」

兩人繼續往高塔上方前進。

三章

目標是「噬血女王」！

The Eminence in Shadow
Volume Three
Chapter Three

不愧是吸血鬼始祖的寶庫。

面對滿坑滿谷過去不曾見識過的寶物，我感動得渾身顫抖。

這個很棒、那個也很不錯——細細物色裡頭的寶物時，我想起自己能帶回去的東西有限。

美術品相關的寶物基本上很難脫手，所以跳過。遺憾的是，這個寶庫裡最多的就是美術品。

接著是寶石和貴金屬。小的還無所謂，大的太占位置也不好脫手。

這樣的話，目標範圍就縮小了。

為了以最有效率又最確實的方式獲取錢財，我應該拿的東西——是金幣。

跟五百圓差不多大小的金幣，一枚便價值十萬戒尼，而且無須變賣換錢，就能直接使用。

金幣所具備的效率和可靠度，完全凌駕其他寶物之上。

面對這片讓人眼花繚亂的寶藏，我所做出的結論，還真是實際到缺乏夢想和希望。

「不過，現實就是這麼一回事吧……」

我像是與鮮豔絢爛的寶物告別般低喃，一個不剩地收集起金幣。

當然，我也已經思考過搬運的方式。

將史萊姆戰鬥裝束的特性發揮到極致的伊普西龍——我參考她的做法，將金幣一一塞進自己的裝束裡。
伊普西龍塞的是史萊姆，我塞的則是金幣。
戰鬥裝束、大衣、披肩──我將金幣塞滿自己全身上下的衣物縫隙之中。
騙人的。我有保留關節部分的空隙。
話雖如此，我還是在史萊姆戰鬥裝束裡塞了超過千枚的金幣。
一千枚硬幣，也就是一億戒尼。我的計算應該無誤。
因為我打算活個三百年，所以這些完全不夠用。
不過，再繼續塞金幣的話，恐怕就會造成風險。
只要以魔力強化體能，一千枚金幣的重量不算什麼，問題單純是不方便行動。光是現在我的動作就有點僵硬了，如果再繼續塞，走起路來可能會像機器人。
另外，塞了一千枚金幣的現在，我的外觀還不會太顯眼，但要是塞了兩千枚，再怎樣也會有些引人側目。
「如果只是要搬運這些金幣，倒還輕鬆呢……」
畢竟我之後還得跟「噬血女王」來場頭目戰。
「噬血女王」似乎是吸血鬼的始祖。
她絕對很強，錯不了。
說到吸血鬼始祖，一定極端強大啊。
因此，我已經擬定好這次的戰鬥計畫了。

按照以往，我大概都會等到最後關頭再現身，但這次的對手可是赫赫有名的吸血鬼始祖，所以，我打算從一開始就登場戰鬥。

在我跟吸血鬼始祖大戰的途中，抵達現場的主角一行人，大為震撼地表示「這是多麼讓人嘆為觀止的一場戰鬥啊！完全不是我們能夠跟上的層次！」這樣的橋段。

這是這次最好的做法吧。

因為這樣，這次我必須是第一個發現「噬血女王」的人才行。要是拖拖拉拉的，恐怕會被他人捷足先登。

總之，我先把大量的金幣搬運到寶庫的大門旁。

「之後再來拿好了。」

為了避免事件突然結束，或是發生無法預期的狀況，得把金幣集中在方便回收的地方。祈禱最後能順利回來拿走這些金幣後，我便久違地使出全力，拔腿朝高塔上方衝刺。

途中，我發現了姊姊。她看起來似乎陷入危機，我便過去踹飛「暴君」，救了她一命。

好了，趕快往上吧。

「這個瞬間終於到來了……」

克里姆森清秀的面容上浮現笑意。

祭品已經準備完畢，月亮也染上了深紅的色彩。
讓「噬血女王」伊莉莎白復活的瞬間到來了。
克里姆森將手伸向位於房間正中央的巨大棺材，掀開上蓋。
棺材的內容物出現在眼前。
那是一塊小小的、已經乾枯的黑色物體。
克里姆森以掌心小心翼翼地掬起這個黑色塊狀物。
「好久不見了，『噬血女王』……讓世界被鮮血染紅的準備已經完成了……」
仔細看的話，可以發現這個黑色塊狀物似乎是某種臟器。
是已經乾枯的心臟。
經過千年時光，始祖最後剩下的就只有這顆心臟。
不過，只要心臟完好無缺，就可以再次復活。始祖便是這樣的生物。
克里姆森將棺材的蓋子蓋上，捧著心臟走到黑髮的祭品前。
祭品本身的心臟已經被他挖出來了。他將「噬血女王」的心臟嵌入祭品胸前的空洞裡。
新鮮的血與肉。這樣一來，讓整個世界陷入恐懼的「噬血女王」就會復活。
「咯咯咯咯咯……」
要完全復活，或許得再花上一小段時間。
克里姆森得暫時離開這個地方才行。剛復活的「噬血女王」會對血液有強烈的渴望，就算對方是吸血鬼，也會不分青紅皂白地出手殺害。在女王平靜下來之前，就算是克里姆森也無法靠近她。

克里姆森快步朝房間大門走去，打開門走到外頭。

然後突然停下腳步。

「你、你這傢伙是……」

大門外的走廊上沒有任何人的氣息。至少，在克里姆森打開大門的那個瞬間，外頭應該沒有半個人在才對。

然而，一名身穿漆黑大衣的男子突然現身了。

克里姆森隨即伸長尖爪，進入備戰狀態。

「馬上離開這裡，否則我就殺——噗唏！」

克里姆森的身體被劈成兩截。

從腦袋到胯下，一刀兩斷。

克里姆森甚至無法以肉眼捕捉到對方抽出的那把漆黑刀刃。

儘管錯愕地瞪大雙眼，他仍隨即開始再生。

克里姆森是高階吸血鬼。只是被一刀兩斷的話，不管要再生幾次都不是問題。

「你是什麼人？竟敢用那低等的刀刃將我——嗶哈！」

話還沒說完，他的頭就被砍下。

儘管已經提高警戒，他卻完全看不到對方揮劍的動作。

「你……你竟敢！讓我動怒的話——噗嘎喔！」

他的雙手被斬斷。

「蠢貨！『紅月』時期的吸血鬼可是最強——嗶嘎！」

他的雙腳被砍飛，還被剁成碎片。就連腹部都被削成好幾片。

「什……什麼！我的回復速度趕不——噗喔！」

新長出來的部位隨即又被黑衣男子砍飛，剁成碎片。

「等、等等！等一下！你的目的為何？我們先談談——咕呀！」

這次是頭被砍下剁成碎片。

「怎麼可能……有這種事……」

最後，男子一劍貫穿了他的心臟。

克里姆森瞬間化為灰燼。

漆黑大衣的男子直接踏進房間裡，在巨大的棺材前駐足。

「吾名闇影。乃潛伏於闇影之中，狩獵闇影之人……」

然後靜靜等著。

等著。

等著……

「『噬血女王』……我知道妳就在裡頭……」

然後再繼續等著。

等著……！

「……妳在裡面對吧？雖然感受不到氣息，但只是因為妳隱藏得很好而已吧？」

闇影忍不住掀開棺材，朝裡頭窺探。

那裡沒有半個人。

「咦？真假？這算哪條路線？」

他環顧房間內部，發現了一名心臟的位置被挖空的黑髮少年遺體。

「難道你就是女王？不對啊，你是男的，而且已經死了……」

闇影疑惑地望向大門外頭那堆灰燼。

「還是說，剛才那個吸血鬼就是女王？他的頭髮也是紅色的，難不成……不不不，再怎麼說，都不至於是男的吧。不過，他確實有種大魔王的氛圍……呃～但作為大魔王，似乎又太弱了一點……」

他在原地煩惱了片刻。

「這是女王不在場的特例嗎……有可能是女王一開始就不存在的路線、女王已經被殺死的路線，或是女王外出中的路線……總之，先去回收剛剛那些金幣，之後再慢慢搜索好了……」

說著，黑衣男子轉身準備走出房間。

「唉……該不會是我來得太晚了吧……我一路暴衝過來耶……真的假的啊……」

黑衣男子自言自語的身影消失。

紅色月亮將空無一人的室內染上幻想光彩。

突然，祭品的身體一震。

隨後，怦通、怦通——

嵌進祭品體內的心臟開始跳動。

趕到「深紅高塔」的最上層後，瑪莉與克萊兒打開大門。

「席德！」

目睹倒在地上、胸口不斷淌血的黑髮少年遺體，克萊兒急忙衝過去。

她毫不猶豫地將黑髮少年擁進懷裡，淚水跟著從紅色的雙眸溢出。

「不要！拜託你睜開眼睛，席德！席德！席德？……嗯？」

克萊兒突然以冷靜的視線望向懷中的遺體。

她的淚水止住了。

「這不是席德。」

「咦？不是嗎？」

「席德呢？席德在哪裡？」

克萊兒東張西望地環顧四周。

這時，瑪莉突然驚聲呼喚。

「——克萊兒！」

「……咦？」

事情來得很突然。

回過神來的時候，克萊兒發現少年的手貫穿了自己的腹部。

鮮血從她的口中溢出。

「咳哈……這是……怎麼……席德……」

「克萊兒！」

克萊兒無力地癱倒在地。

胸口淌著鮮血的黑髮少年動了起來。

他理應已經死了才對。

然而，他現在卻以雙腳的力量站起來，原本被挖開一個洞的胸口，現在冒出許多看似觸手的紅色物體。

觸手詭異地不斷蠕動，開始覆上少年的身體。

「啊啊……怎麼會……難道……」

瑪莉記得這樣的氣息。

紅色觸手最終將少年的身體完全包覆起來，又突然迸開。

接著——

在飛濺的鮮血之中，出現了一名全裸的美麗少女。

和深紅髮絲相同色系的雙眸。一身白皙肌膚，以及穠纖合度、富有女人味的身材。這樣的身影，完全跟瑪莉記憶中的「噬血女王」伊莉莎白一模一樣。

伊莉莎白摊著腹部被開了一個洞的克萊兒，朝她的粉頸一口咬下。

「嗚……啊啊……」

克萊兒發出呻吟聲。

她還活著。

然而，瑪莉卻只能在一旁眼睜睜看著克萊兒被吸血。

瑪莉很明白。

面對已經復活的「噬血女王」伊莉莎白，不管做什麼都是徒勞。

「克萊兒……啊啊……」

吸完血之後，伊莉莎白將臉色蒼白的克萊兒拋開。

她那雙美麗的眸子，現在轉而盯著瑪莉瞧。倒映在她眼中的瑪莉，只是食物而已。

「啊……伊莉莎白大人……」

瑪莉顫抖著往後退。

她的主人終究還是復活了。

這個世上沒有任何能夠阻止最強始祖伊莉莎白的方法。

她這次還是沒能趕上。

瑪莉的雙眼閃爍著淚光。

浮現絕望的那雙眸子，在下個瞬間被錯愕填滿。

一個突然竄出的黑影和伊莉莎白激烈衝突。

漆黑刀刃和鮮紅利爪相互交鋒。

那是之前在圖書室和瑪莉等人相遇、身穿黑色戰鬥裝束的女性——貝塔。

「快回收目標！」

在她這麼吶喊後，又有三個人影竄出，救走了克萊兒。

貝塔以漆黑刀刃擋下伊莉莎白的利爪，然後朝後方跳去，離開後者的攻擊範圍。

「六六五號，目標的情況如何？」

「她還有呼吸。不過，必須馬上予以治療。」

「這樣呀。不過……對方應該不會放過我們呢。」

在貝塔視線所及之處，全裸的美女緩緩朝她走近。

「妳們負責支援我。」

「是。」

「那邊的吸血鬼獵人小姐，要麻煩妳照顧一下克萊兒小姐了。」

「啊……克萊兒……」

瑪莉從六六五號手中接過克萊兒，將她抱在懷裡。

「不可以，等等……」

瑪莉開口喚住準備跟伊莉莎白交手的貝塔。

她必須給貝塔忠告才行。

「不行的……就算是妳，也絕對打不贏……」

貝塔以面具後方那雙宛如貓眼的眸子回望瑪莉。

「就算這樣，這也是我的任務。」

語畢，她舉起漆黑刀刃，與「噬血女王」對峙。

為什麼會變成這樣呢……

和「噬血女王」對峙的同時，貝塔為了自身的失態懊悔不已。

讓主人的姊姊遭遇生命危險的超級大失態。

貝塔的主人尚未現身。這代表著主人有其他必須優先處理的重大事件，所以無法前來，也就是說，現在必須由貝塔等人負責對應眼前的事態。

然而，貝塔卻未能及時掌握到狀況變化。

所以，才會導致這種最糟糕的事態發生。

倘若主人的姊姊就這樣殞命，貝塔實在無臉再次面對主人。

「面對傳說的『噬血女王』，我能撐到什麼時候呢……」

儘管嘴上這麼輕喃，但貝塔的眼中已經充滿殺氣。

想挽回失分的方法只有一個。

打贏「噬血女王」。

貝塔以駭人的氣勢將魔力注入漆黑刀刃。接著，她以趾尖敲打地板，向部下傳達暗號。

三名部下散開。

隨時都能採取行動。

貝塔緊盯「噬血女王」，觀察動手的時機。

「噬血女王」只是以緩慢的步伐朝貝塔逼近。一絲不掛的她，動人裸體被染上「紅月」的光澤，以一雙看似睡眠不足、無法判讀感情的眸子望向貝塔。

下一刻，她踏入了貝塔的攻擊範圍。

「——疾！」

貝塔揮出的一劍，成了開戰的暗號。

呈流線型的這記美麗漆黑斬擊，讓人聯想到闇影的劍技。

「噬血女王」以左手的爪子擋下了貝塔這記攻擊。

同時揮出右手的爪子準備反擊。

但在同一時刻，六六六號從後方襲向「噬血女王」。

後者被迫用右手的爪子擋下六六六號的攻擊。

這時，六六四號和六六五號從兩側夾擊，而貝塔也發動了更進一步的攻擊。

「噬血女王」以似乎帶著睡意的雙眼，眺望襲來的三道斬擊——然後選擇只保護心臟。

「噬血女王」美麗的肉體被三把劍撕裂。

儘管身體被四濺的鮮血玷汙，「噬血女王」仍在原地一動也不動。

「拔……拔不出來？。」

劈砍「噬血女王」的三把劍，現在被她的肉體牢牢嵌住，無法動彈。

六六四號發出慘叫聲。

「噬血女王」以自己的肉體接下刀刃——藉此封印住貝塔等人的行動。

「咕！」

貝塔使盡全力強化自己的體能，硬是將劍抽了出來。

然而，六六四號和六六五號沒能及時做出判斷。

「快改變刀的型態！」

貝塔出聲吶喊，但已經來不及了。

「噬血女王」的利爪襲向兩人。

這時，六六六號採取了行動。

她以美麗的劍技砍斷了「噬血女王」的肌腱。

「噬血女王」的雙臂失去了力量。雖然肌腱隨即再生，但六六四號和六六五號已經趁這個機會改變了史萊姆劍的外型，迅速將其從「噬血女王」體內抽離。

接著，貝塔一刀劈向「噬血女王」的臉，六六四號劈砍她的側腹、六六五號劈砍她的雙腳的肌腱，最後，六六六號朝她的背揮刀。

「噬血女王」以猛烈的力道撞上牆壁。

「做得很好，六六六號。」
六六六號輕輕點頭回應。
被埋在成堆瓦礫之下的「噬血女王」沒有進一步的動作，但貝塔等人沒有大意，舉起劍和她拉開距離。
只是看了「噬血女王」一眼，貝塔便判斷她是強敵。
一對一恐怕打不過。就算跟部下四個人一起對付她，也會是一場艱困的戰鬥。貝塔這麼認為。
實際上，「噬血女王」確實是個強敵。
不過，這場戰鬥卻遠比貝塔想像得更加輕鬆。
新人團隊合作的表現，完美得超出她的預料。負責發號施令的六六四號、擁有高度知識與智慧的六六五號、擔任戰鬥主力的六六六號。一如拉姆達所言，這三人是很棒的小隊。
「或許能夠打贏……」
貝塔不自覺地這麼輕喃。
——然而——
「不可能的……妳們確實很強。可是，伊莉莎白大人才剛甦醒過來……這並非她真正的實力。」
瑪莉擁著克萊兒的身子，眼中浮現絕望的淚水。
「從以前開始……伊莉莎白大人就是超級低血壓啊！」

「咦？」
這時，「噬血女王」的魔力突然爆發性地提昇，甚至震懾了周遭的空氣。
從瓦礫堆裡頭現身的她，穿著一襲如血那般豔紅的禮服。
不，不對。
她穿在身上的，是宛如一襲禮服的鮮血。
她將血液變幻為禮服的樣貌，用來遮掩自己的裸體。覆在她肌膚表面的這襲鮮血禮服，宛如生物那樣詭異地蠕動著。
感受到來自「噬血女王」的驚人氣勢，讓貝塔在面具後方皺起眉頭。
「這就是『噬血女王』……」
她的背後竄起一陣寒意。她以肌膚察覺到自己正在和等級截然不同的生物對峙。
她是真正的怪物。
能打贏這種超乎常理的怪物，恐怕就只有她的主人了。
「貝塔大人……」
六六四號望向貝塔，看起來是想請示判斷。
貝塔搖搖頭。
她不認為自己和部下有辦法逃離「噬血女王」的掌心，更何況，「丟下主人的姊姊逃跑」這種選項根本不存在。
就在這時候——

「哎唷唷，這怪物還真是驚人呀……奴家也加入吧。」

生著九條尾巴的獸人現身。蓄著一頭銀色長髮的她，撐開拿在手上的兩把鐵扇。

「妳是『妖狐』雪女……」

雖然知道雪女是無法治都市的統治者之一，但這還是貝塔第一次見到她。

貝塔的視線和雪女的視線，像是要確認什麼似的交會。

「感謝妳的協助。」

這是貝塔做出的判斷。

「那麼，咱們就來共同奮戰吧。」

眾人再次和「噬血女王」對峙。

這時，又出現了一名突然亂入的人物。

「不准丟下我自己開打啊。」

一名有著古銅色肌膚的高壯男子，打破玻璃闖了進來。將巨大鉤刀扛在肩上的他望向「噬血女王」，以鼻子哼笑一聲。

「妳就是這裡的老大？竟敢在我管轄的城鎮裡大鬧特鬧。」

「你是從哪裡冒出來的呀？」

「要從哪裡冒出來都是我的自由啦，老太婆。我會宰了這個女人。」

「隨便你吧。」

語畢，古銅色肌膚的高壯男子舉起手中的巨大鉤刀。

貝塔也知道這號人物。他是「暴君」加格諾，同樣是無法治都市的統治者。
這個瞬間，無法治都市的三名統治者齊聚一堂。三人都實力強大到足以支配這個無法治都市。而現在，其中兩人正在和「噬血女王」對峙。
貝塔打從內心感謝這樣的好運，還有一線希望。
「喝啊！」
率先衝上前的是加格諾。
他以宛如野獸的動作逼近「噬血女王」，揮下那把他最引以為傲的巨大鉤刀。
但「噬血女王」在原地一動也不動。
「什麼！」
巨大鉤刀確實砍中了「噬血女王」，但加格諾卻發出錯愕的吶喊聲。
他的巨大鉤刀在沒有感受到任何觸感的情況下，直接貫穿了「鮮血女王」。
「霧化？」
讓身體化為霧氣的能力——這是只有高階吸血鬼才能施展的技巧。
然而，「噬血女王」的霧化沒有任何前兆。她甚至只是讓巨大鉤刀所及之處的身體部位霧化。
「麻煩死啦！」
加格諾再次以巨大鉤刀施展一記橫砍。
不過，「噬血女王」仍是一動也不動地迎接這道攻擊。她的頸部在一瞬間扭曲，讓巨大鉤刀在半空中揮空。

同時，鮮血開始在「噬血女王」的右手凝聚起來。

驚人的魔力集中在她的掌心。

「不成！」

「快避開！」

雪女和貝塔同時吶喊。

「噬血女王」將凝聚的鮮血釋放到半空中，然後引爆。

血塊炸裂，鮮血飛濺至各處。無數的血滴在轉眼間變換成尖銳的箭矢，襲向在場所有人。

鮮血箭矢將整個空間染上一片血紅。

「——唔！」

貝塔沒有一絲猶豫。

為了保護克萊兒，她挺身而起，用自己的身體擋下了鮮血箭矢。

她強化史萊姆戰鬥裝束的一部分，僅集中保護要害，並將自己的身體當成擋箭牌，以漆黑刀刃斬斷飛來的箭矢。

她的臉頰被劃傷，手臂和大腿也被鮮血箭矢刺穿。

箭雨終於停歇。

克萊兒平安無事。

然而……

「妳……妳……」

看著貝塔的模樣，瑪莉說不出半句話。

漆黑的戰鬥裝束變得破爛不堪，露出底下的白皙肌膚和血肉模糊的部分。一共有幾十枝箭矢貫穿了貝塔的手腳。

「唔……我不要緊……」

即使鮮血汩汩湧出，貝塔仍一臉若無其事地舉起劍。她腳下的一灘鮮血緩緩擴散開來。

然而，不是每個人都能像她這樣繼續行動。

六六四號全身布滿撕裂傷，腹部也有大量出血。

六六五號同樣全身撕裂傷，腿部也遭受重創。

六六六號也有明顯撕裂傷，但沒有受到其他致命性傷害。

雪女只有撕裂傷，傷勢不算嚴重。

至於在極近距離之下被箭矢攻擊的加格諾……

「痛死啦……」

現在渾身是血。

他全身上下都插滿箭矢，流淌出來的大量鮮血將古銅色肌膚染紅。

儘管如此，他仍以雙腳站立著，將巨大鉤刀扛在肩上。

巨大鉤刀的刀刃上出現了明顯的缺角。看來，加格諾是用這把巨大鉤刀保護住自己的要害。

「混蛋……這傢伙是什麼來頭啊……」

不過，他隨即體力不支而單膝跪地。

「『紅月』……奴家終於想起來了。沒想到『噬血女王』竟然就是傳說中的吸血鬼始祖……！」

雪女的臉上寫滿錯愕。

「妳說的吸血鬼始祖是啥啊？」

「在很久很久以前……只花了三天，就消滅好幾個國家的傳說中的吸血鬼。闇影公子知道這件事，所以才會前來阻止……！」

「只花三天就消滅好幾個國家……」

加格諾皺起眉頭，仰望眼前的「噬血女王」。

此刻，現場再也沒有半個人質疑「噬血女王」傳說的真實性。

「六六四號、六六五號，妳們退下。」

貝塔指示無法繼續戰鬥的兩名部下退場。

「六六六號，妳也是。」

「我還能繼續戰鬥！」

「妳還有其他必須完成的任務才對吧？」

「……咦？」

貝塔在面具後方露出微笑，然後往前邁步。

接下來，無論再怎麼垂死掙扎，就算所有人一起發動總攻擊，他們都不會有勝算。

不過，沒有必要打贏這場仗。

因為有主人在。

所以，貝塔只要繼續爭取時間，直到主人抵達這裡即可。

不管發生了什麼事、不管得跟什麼人交手，對貝塔而言，她的主人都是絕對的存在。

貝塔和「噬血女王」對峙，使出全力將魔力灌注於漆黑刀刃之中。

「咦！」

這個瞬間，貝塔的魔力突然變得紊亂。她試著降低魔力的輸出量，以便確實加以控制，儘管如此，仍無法讓劇烈波動的魔力平靜下來。

「咕！」

「貝塔大人！」

一股令人懷念又憎恨的痛楚，在貝塔的全身上下亂竄。

被鮮血箭矢刺穿的傷口開始發黑。

這是……〈惡魔附體者〉的症狀。

明白了原因後，貝塔隨即改變控制魔力的方式。雖然魔力的亂流稍稍平靜了一些，但控制仍極為困難。

這時，「噬血女王」行動了。

她在室內的上方製造出一個異常巨大的血塊，並將足以震懾空氣的大量魔力注入其中。

「怎麼會……」

目睹遠比剛才的攻擊更加強大的血塊，貝塔的嗓音顫抖起來。她現在無法採取行動。

同時，身後傳來一道悲痛的嗓音。

「克萊兒？振作一點！」

貝塔轉頭，發現瑪莉懷裡的克萊兒的傷口也開始發黑。

難道她也——

所有的一切都糟糕透頂。

飄浮在空中的血塊開始壓縮，看起來隨時會爆炸。

「闇影大人，對不起……」

貝塔以泫然欲泣的嗓音輕喃——這時，克萊兒的眼皮抽動了一下。

克萊兒作著夢。

她在一個無邊無際的白色空間裡漂浮著。

這個地方只有她一個人，看不到其他任何東西。

她靜靜傾聽著自己的心跳。

「……聽得到嗎？」

聽到某處傳來的人聲，克萊兒抬起頭。

「妳聽得到我的聲音嗎……？」

這次，克萊兒確實聽到了。

她望向聲音傳來的方向，發現那裡有一名蓄著黑色長髮的女子。女子以一雙紫羅蘭色的雙眸望著克萊兒。

「妳是……？」

「我是來幫助妳的。」

「幫助我？」

「沒錯，幫助妳。」

那雙紫羅蘭色的眸子凝視著克萊兒的身體。

「咦！這是什麼？」

克萊兒的白皙肌膚染上黑色。

她過去也曾經歷過相同的症狀。

「難道是……〈惡魔附體者〉？」

「正確說來，其實有些許不同。妳所說的〈惡魔附體者〉症狀已經被他完全治好了。因為他知悉一切。」

「已經完全治好了？妳說的他是……？」

「妳應該也清楚才對。」

「我不知道。他是誰啦？」

紫羅蘭色雙眸的女子沒有回答，只是露出一個意味深長的微笑。

「妳的身體馬上就會腐爛崩壞了。所以，我會稍微借妳一點力量。」
「等一下！我完全搞不清楚狀況耶！」
「我很不擅長為別人說明呢。」
「拜託妳告訴我吧。我的身體究竟發生了什麼事？」
「這個嘛……用簡單明瞭的方式回答的話，就是妳不幸成為適應者，然後控制失敗了。」
「抱歉，我完全聽不懂。」
「說明有點長，但現在沒時間了，我就說得簡潔一點吧。」
「麻煩妳了。」
「妳知道所謂的進化嗎？以前，跟我待在同一個研究室的同仁做過相關研究，發現人類過去可能是猿猴喲。根據她的假設，猿猴是在耗費漫長歲月適應環境後，才變成人類的樣子。我覺得這樣的想法很有趣。雖然不知道是不是真的就是了。」
「呃，噢……這跟我的身體有關係嗎？」
「當然嘍。不過，又有另一名研究人員表示生物不可能主動去適應環境，但她沒有否定人類是由猿猴演變而來的假設。猿猴之中，也會有聰明的跟愚蠢的個體。在嚴苛的自然環境中，只有聰明的猴子能夠存活下來，跟其他個體交配，讓族群數量增加。隨著時間經過，最後族群裡變得全都是聰明的猿猴，又經過一段漫長的歲月後，牠們就演化成人類了。」
「呃，這兩種說法有什麼不同嗎？是說，這是在講什麼？」
「完全不同喲。意思就是，只是湊巧能夠適應環境的猿猴活了下來，而不是猿猴主動去適應外在環境。」

「嗯？」

「然後啊……呃，我原本是要說什麼來著？」

「是要說明我的身體的狀況吧……？應該。」

「對對對，是關於適應的問題。」

「……咦？」

「簡單來說，就是湊巧能夠適應環境的個體存活了下來，然後形體也出現變化，成了現在的模樣。而血液的特性在途中一分為二，也是適應之後的結果。原本的血液會對身體造成很大的負擔，讓個體無法繁衍後代便消失。至於一分為二的血液，其特徵也明確地被劃分出來。現在，妳的體內有兩種血液正在嘗試適應。被一分為二的血液很難輕易適應，但不幸的是，妳似乎擁有這樣的資質，而更不幸的是，妳不明白加以控制的方法。因此，血液才會失控，讓妳的身體受——啊，時間差不多了。」

「等……等一下啦。妳剛剛說的是超級重要的地方吧！咦，好痛！」

克萊兒的手突然感受到一陣劇痛。她望向自己的手背，發現上頭浮現一個複雜的魔法陣圖樣。

「那個圖樣想必能指導妳控制的方法。」

「啊，慢慢痊癒了。」

黑色斑塊從克萊兒身上消失。

「沒時間了。外頭世界現在很不得了呢。」

「妳剛才前半段的說明果然沒有必要吧？」

「我要借用一下妳的身體。雖然無法施展全力……」

說著，擁有紫羅蘭色雙眸的女子，身影逐漸變得模糊不清。

「等等！妳的名字是？」

「我是歐蘿拉……」

「歐蘿拉……妳為什麼要救我？」

「因為妳是他的……」

歐蘿拉的嗓音愈變愈輕。

「他的什麼？妳說的他究竟是誰啦！」

「闇影……」

話說到一半，歐蘿拉的身影便消失了。

「咦……闇影……？」

愣在原地的克萊兒，只能再次複述他的名諱。

被瑪莉擁在懷中的克萊兒睜開眼睛。

她的雙眼——染上了動人的紫羅蘭色。
看到懷裡的克萊兒突然起身，瑪莉望向她紫羅蘭色的眸子，而後屏息。
「克萊兒，妳眼睛的顏色……」
出現變化的不只是她的雙眼。克萊兒散發出來的氣質變得莫名成熟，魔力的本質感覺也不太一樣了。
而最關鍵的不同之處……就是她的傷口癒合了。
雖然腹部的巨大傷口仍沾滿鮮血，但那些血開始蠢動，凝聚成一個巨大的血塊，然後浮上半空中。
那跟「噬血女王」所使用的招式一模一樣。
「那麼，就看能撐多久嘍……」
克萊兒這麼輕喃。她的嗓音平靜而淡定，就連說話語氣都像是換了個人。
「妳真的是克萊兒嗎……？」
在瑪莉這麼問的瞬間，「噬血女王」的血塊迸開了。
無數血滴在瞬間化為箭矢，以令人絕望、無法迴避的密度和速度落下。
在場的所有人都無法採取行動，只能眼睜睜看絕望降臨。
沒錯……除了她以外。
「真遺憾。原創者可是我呢……」
這麼輕聲表示後，克萊兒將自己的血塊引爆。

她的血塊化為細小的分子四散，看起來宛如鮮血形成的濃霧。

鮮血霧氣附著在成群襲來的鮮血箭矢上。

「咦？」

只有瑪莉錯愕地出聲。不過，在場的所有人，其實都懷疑自己的眼睛。

鮮血箭矢突然失去速度和力道，滴滴答答地落在地上。

「已經離開身體的血液，要搶奪其控制權並非難事。雖然好像沒有徹底成功……」

克萊兒露出妖豔的微笑。她的視線所及之處，是被好幾支鮮血箭矢刺中的「噬血女王」。

克萊兒以鮮血霧氣奪走了鮮血箭矢的控制權，再將攻擊目標反轉回去。不過，成功反轉的只有一小部分的箭矢，至於其他的就只是滴落地面。

不過，這樣的能力，已經超越了人類的範疇。

目睹宛如兩名「噬血女王」在相互較勁的場面，在場所有人都啞然無言。

「投擲型武器是無法打敗魔女的。」

克萊兒舔了舔附著在唇瓣上的鮮血。她的雙唇染上鮮紅的血色。

「噬血女王」開始行動。

她在一瞬間治癒鮮血箭矢造成的傷口，並讓身上的鮮血禮服變形。

鮮血觸手從鮮血禮服延伸出來。

數量還在轉眼之間暴增。

「沒錯，這麼做才正確……」

克萊兒輕喃。隨後，她的身體也長出了和「噬血女王」相同的鮮血觸手。

鮮紅觸手像是在嚇阻彼此那樣蔓延開來。

然後一口氣開戰。

宛如長矛前端的尖銳部分，紛紛襲向敵人。

有些觸手從地板逼近、有些觸手從天花板進攻，足以淹沒整個室內空間的大量鮮紅觸手，從四面八方成群湧向兩人。

觸手和觸手交鋒，然後同歸於盡。最終順利抵達目的地的只有極少數。

面對逼近的觸手，克萊兒舉起鮮紅的巨大鐮刀，「噬血女王」則是伸長鮮紅的爪子。

兩人各自揮下鐮刀和爪子，撕裂了來襲的所有觸手。

觸手群起舞動，相互碰撞、劈砍，讓整個空間染上絢爛的鮮紅色。「紅月」的光芒從被鑿穿的天花板灑落，照亮兩名美麗女子的倩影。

這是以肉眼追不上的速度展開的、屬於人外之物的戰鬥。

美麗又激烈不已的這場戰鬥，讓所有人看得出神。

「好厲害……」

「這是多麼驚人的戰鬥呀……」

這兩人勢均力敵嗎？

看在旁人的眼中，這兩人實在高下難辨。

唯一明白的是，雙方都尚未使出足以決定勝負的關鍵攻擊。

大量的鮮紅觸手就這樣持續狂舞著。片刻後，克萊兒嘆了一口氣。

「感覺沒完沒了呢……不過——」

她的臉上浮現壞心眼的笑容。

「妳已經吸入充足的血霧了吧？」

下個瞬間，「噬血女王」跪倒在地。

她開始吐血，雙眼也流出血淚。鮮血從「噬血女王」身上所有的孔洞湧出。

「咳……」

「噬血女王」首次發出痛苦的呻吟聲。

「既然吸入了那麼多血霧，也得奪走控制權才行呀。」

克萊兒的觸手朝跪地的「噬血女王」襲去。

儘管「噬血女王」的觸手也群起抵抗，但仍被對手壓倒性的數量擊潰。多到足以掩埋眾人視野的觸手覆上「噬血女王」的身體——而後，大量鮮血四處飛濺。

結束後，那裡只剩下一片鮮紅的血跡。

「雖然離使出全力還有好一段距離，不過，大概就是這樣了吧。」

成熟的態度、神祕的微笑、超越人類的戰鬥能力，以及紫羅蘭色的眸子。

此刻，雙手抱胸佇立的克萊兒，和瑪莉原先認識的那名少女截然不同。

「克萊兒，到底發生什麼事了……」

克萊兒朝瑪莉瞄了一眼，回以一個略微困擾的笑容。這個微笑莫名有幾分克萊兒的影子。

然而，下個瞬間，紫羅蘭色的雙眸隨即恢復警戒。
濃密的血霧開始在附近凝聚起來，慢慢形成人類的輪廓。
「騙人的吧……？」
「難道……她還活著……？」
在眾人錯愕開口的時候，瑪莉反而覺得自己能理解這樣的結果。倘若是她認識的那個伊莉莎白，事情不可能這樣就結束。
不過，現在的克萊兒擁有和伊莉莎白相抗衡的能力。
有她在的話，就能避免千年前的錯誤重演。
不過，在「噬血女王」毫髮無傷地從血霧之中現身時，克萊兒的身體失去了平衡。
她就這樣跪倒在地。
「憑這個肉體，做到這種程度果然已經是極限了嗎……」
克萊兒露出痛苦的表情，鮮血也從她的嘴角溢出。克萊兒的肉體，最終還是無法負荷超越人類的力量。
無力跪地的克萊兒，以及睥睨這一切的「噬血女王」。與先前立場完全相反的光景，此刻呈現在眾人眼前。
「喂喂喂，饒了我吧……」
「情況很不妙呢……」
「怎麼會……」

瑪莉眼中浮現不安的動搖。
要是克萊兒現在倒下，就沒有任何人能夠阻止伊莉莎白了。
千年前的慘劇將會重演，而在一切結束後，她的主人想必會再次陷入絕望吧……
她不想再經歷一次那種事情。
「克萊兒！」
瑪莉趕到跪地的克萊兒身邊。
「妳……」
「克萊兒，妳沒事吧？我——由我來爭取時間。」
語畢，瑪莉拔劍和「噬血女王」對峙。
「沒關係，已經夠了喲。」
克萊兒伸手制止瑪莉。
「我的工作已經結束了。我只要負責爭取時間，直到他現身就好……」
克萊兒的臉上浮現美麗的微笑。
「他……？」
「沒錯，他來了……」
同時——一個漆黑的身影從天而降。
「吾名闇影。乃潛伏於闇影之中，狩獵闇影之人……」
看到他的身影後，克萊兒像是放下心中大石那樣暈了過去。

輕盈落地之後，漆黑身影抽出腰間的刀，他的大衣下襬在風中不停搖曳。

「你這傢伙是——！」

「您是——！」

「——闇影大人！」

貝塔欣喜得全身打顫。

對自己的主人，她有著百分之百的信賴。

打從她們還很稚嫩、弱小的時候，主人便一直在她們面前奮戰至今。貝塔看著主人這樣的背影長大。

就算對手是「噬血女王」，主人也必定能夠應付。

或許是基於這樣的安心感，又或是因為久違地目睹主人的身影，在貝塔眼中，她的主人似乎比過去更來得高壯結實。

然而，並非每個人都懷抱著跟貝塔相同的想法。

「事到如今，你還來這裡幹嘛？」

「闇影公子，請您多留心。『噬血女王』的力量已經超出常理了。」

加格諾一臉不滿地開口，雪女則是對闇影投以不安的視線。

真沒禮貌！

貝塔不禁怒瞪這兩人。

這時，闇影和「噬血女王」之間已經形成一觸即發的緊張氛圍。

闇影舉起漆黑刀刃，「噬血女王」則是伸長無數的鮮紅觸手。

就在此刻，貝塔察覺到了。

「噬血女王」散發出來的壓迫感正在增加——

「這頭怪物……」

「她還沒使出全力嗎……」

加格諾和雪女似乎也發現了。比起剛才跟克萊兒戰鬥的時候，「噬血女王」現在的力量變得更加強大。

她的雙眸宛如紅寶石般閃爍著光芒，身上的一襲鮮血禮服，則是更有生命力地舞動著。

闇影和「噬血女王」之間的氣氛變得更加緊繃——下一刻，鮮血觸手和漆黑刀刃終於交鋒。

無數觸手襲向闇影，美麗的漆黑刀刃則是一一砍斷。

鮮紅與漆黑，在空中劃出無數激烈衝突的軌跡。周遭沒有任何人能跟上這兩者驚人的速度。

不過，對兩人而言，這些都只是牽制罷了。

這時，「噬血女王」的身影突然晃了一下。下個瞬間，她出現在闇影背後——

鮮紅利爪朝闇影的背揮下。

但闇影的身影也突然晃了一下。

利爪揮空，漆黑刀刃從「噬血女王」的背後貫穿她的胸口。
唰啦。
伴隨一陣水滴灑落的聲音，「噬血女王」的身體迸裂，接著，鮮血箭矢宛如雨點般灑落。
闇影以手中的刀將這些箭矢打飛，「噬血女王」則是和他拉開距離。
隨後——兩人再次回到一開始對峙的狀態。
「他……竟然能跟那頭怪物打成平手？」
「這是何等驚人的速度呀……」
目睹這場肉眼完全追不上的高速戰鬥，在場者無人不感到錯愕，貝塔則是欣喜若狂。
這就是她的主人。
但同時，她也感受到一種難以用言語表達的異樣感。總覺得主人好像跟以往有些許不同……
她還來不及理解這樣的異樣感，「噬血女王」便再次採取行動。
她砍斷自己的兩條觸手，以觸手的血打造出兩個自己的分身。
「小心！這就是伊莉莎白大人被稱為最強始祖的理由！她能夠用血打造出自己的分身，並隨心所欲地操控！」
在瑪莉出聲警告的下一刻，三名「噬血女王」同時朝闇影伸出觸手。
漆黑刀刃劈開了觸手的牽制攻擊。
跟剛才相同的戰鬥光景持續著。
不同於剛才的是，三名「噬血女王」也混在觸手之中展開奇襲。

她們從闇影的背後、上方和旁邊突然現身施展攻擊。

不過，闇影仍巧妙躲開了這三人的奇襲。

那流暢而優美的閃避動作，看起來就好像早已知道她們會從何處出現。

眼前彷彿上演著一齣永遠不會結束的舞蹈表演。

然而，貝塔也察覺到一開始的異樣感變得愈來愈強烈。

這種感覺究竟是——

她所知道的主人，過去曾經和誰交手這麼久，卻仍未分出勝負嗎？

——沒有。

有什麼地方不一樣。

跟平時的主人不太一樣。

一陣不安猛地湧現貝塔心頭。

為了找出不安的來源，她定睛凝視眼前這場戰鬥。

鮮紅觸手成群襲向闇影，三名「噬血女王」也對他展開奇襲。

在這樣反覆上演的攻防戰之中，貝塔終於發現了。

闇影只能巧妙擋下「噬血女王」的攻擊，無法展開反擊。

無論他的防禦再怎麼完美，無法出手的話，就打不倒敵人。

闇影為什麼不反擊？

他的動作被源源不絕地從四面八方來襲的觸手牽制住，再加上「噬血女王」的奇襲，更讓他陷入只能被壓著打的情況。

為什麼會發生這種事？

原因在於——闇影的雙腳完全沒有動。

若是貝塔平常熟知的主人，理應會以最小限度的動作避開敵方的攻擊，並隨即予以反擊。

但現在，他以刀揮開來襲的觸手。揮刀的動作會讓反擊的節奏延遲，「噬血女王」趁著這段延遲來襲，讓闇影沒有機會反擊。

為什麼——

您為什麼不閃躲呢，吾主——？

主人的腳步很沉重，動作也很僵硬。

不停將觸手砍飛、堅守在原地的戰鬥方式，就好像——在守護什麼重要的東西。

「——！」

直到這個瞬間，貝塔才終於發現。

闇影的身後有自己在。

而自己身後，則是負傷的六六四號、六六五號，以及站在這兩人前方守護她們的六六六號。

還有昏厥倒地的主人的姊姊……

「啊……啊啊……」

貝塔的嗓音開始顫抖。

主人——一直都在保護她們。

為了守護她們而持續戰鬥。
所以——他才無法閃躲。
淚水從貝塔的眼眶溢出。
「闇影大人……」
這時，原本勢均力敵的戰況終於出現變化。
鮮紅觸手將闇影彈飛，三名「噬血女王」衝上去乘勝追擊。
闇影以驚人的速度被打飛出去，將牆面撞出一個大洞摔落在地。
「闇……闇影大人啊啊啊啊啊啊啊啊啊啊啊啊啊啊啊啊啊啊啊啊啊！」
貝塔悲痛的叫聲響徹了室內。
她無視傷勢帶來的劇烈痛楚，勉強爬向那片崩落的牆面。
「不要啊……闇影大人……闇影大人……闇影大人！」
倘若沒有自己這個包袱，事情就不至於發展成這樣了。
貝塔不禁詛咒起自己的無力。
她開始憎恨連站起來的力氣都不剩的自己。
她不停流淚，拖著身子在地上爬行，在地面留下鮮紅的血跡。
「闇影大人……闇影大人！」
就在貝塔將手伸向崩落的牆面時——
藍紫色的魔力從瓦礫堆中溢出。

「啥──！」

「怎麼──？」

這壓倒性的強大力量，震懾了空氣，讓四周的瓦礫浮空。

藍紫色的魔力蓋過了紅色的月光。

接著，全身被強大魔力籠罩的闇影，從牆壁的另一頭現身。

「闇影大人！」

出現在那裡的，是一如往常的主人。

剛才的異樣感已經消失了。

那是個被美麗的藍紫色魔力圍繞的身影。

不知為何體型看起來縮小了一些的主人，現在全身充斥著高漲的力量。

他將藍紫色的魔力聚集在刀身上，再次和「噬血女王」對峙。

「我就稍微認真一些好了……」

聽到這道宛如來自深淵的低沉嗓音，貝塔的心震顫了一下。

她的不安已經煙消雲散。

竟然讓主人認真起來，「噬血女王」未免也太不走運了。

「啊啊，太好了，闇影大人……咦？」

此時，貝塔察覺到視野一角似乎有東西在發光，轉而望向牆壁後方。

不知為何，那裡的地面出現了成堆的金幣。貝塔疑惑地歪過頭。

為什麼那種地方會有……算了，也罷。
只要主人能平安無事，其他事情都算不上什麼。
「闇影大人～！加油～～～！」
貝塔的聲援，成了戰鬥再次展開的暗號。
藍紫色的魔力在闇影四周激烈打轉。
「跟『噬血女王』勢均力敵……不，是更加……」
「這是人類的魔力嗎……」
闇影踩著腳下那雙喀喀作響的漆黑靴子，大方地直接朝「噬血女王」走近。
想當然耳，「噬血女王」不會坐視他這般蠻橫的行為。
數量多得驚人的觸手，一瞬間便包圍了闇影，朝他發動攻擊。
闇影舉劍，四兩撥千斤地揮開那些觸手。
然後，「喀」一聲——
大刺刺朝前方踏出一步。
「啥——！」
「怎麼會——？」
在場的所有人，都明白了這一步有多麼非凡。
闇影甚至沒有舉劍。
數量繁多的觸手，彷彿像是刻意避開他那樣從旁邊經過。

接著，又是一步。

喀。

闇影大方地踏出腳步。

「噬血女王」的觸手在半空中揮空，看起來儼然像是某種魔術表演。

闇影已經看穿了所有觸手的動作。

他最小限度地閃避觸手，一步步朝「噬血女王」逼近。

簡直就像——完全沒把這些觸手當一回事。

即使「噬血女王」出現在身後，他也像是早就預料到那樣完美迴避，然後繼續前進。

闇影沒有反擊。

因為他知道沒這個必要。

所以他無視一切，持續往前走。

他的眼中，就只有「噬血女王」的本體而已。

「光用走的，就能躲過對方的攻勢——？」

「他以最小限度的動作……竟然能做到這種程度……」

這是理想。

任何人都會在腦中描繪、憧憬的理想之一舉一動——亦即武術的極致。

「這就是闇影……！」

「真正超乎常理的……！」

喀、喀、喀。

他的腳步聲聽起來分外響亮。

最後，闇影止步。

同時，鮮血觸手也止住了動作。

現在，只要伸出手，兩人便能觸及彼此。

美麗的「噬血女王」與漆黑的闇影，就這樣對視了片刻。

「噬血女王」背後有著暗紅色的月亮，闇影身上則是圍繞著藍紫色的魔力。

靜謐籠罩了這一帶，彷彿方才的激烈戰鬥從未發生過。

在這片靜謐之中，兩人似乎在交談些什麼。

「妳渴望死亡嗎……」

宛如來自深淵的低沉嗓音傳來。

「好吧……」

龐大得駭人的魔力，開始凝聚於漆黑的刀身上。

藍紫色的魔力漩渦不停打轉，最後收束。

「噬血女王」也伸長她的鮮紅利爪。

然而，不知為何——

原本應該是恐怖象徵的利爪，現在看起來卻帶著幾分哀愁……

「——等等！」

所以，瑪莉衝了出去。

「拜託等一下！」

她不停衝刺。

一定有辦法重新來過。

所以——！

「伊莉莎白大人！」

瑪莉拚命伸長手。

然而——

鮮血觸手將她揮到一旁。

「I Am……」

無情的嗓音響起。

「伊莉莎白大人！」

瑪莉大喊。

有那麼一瞬間，伊莉莎白望向瑪莉所在的方向。

她以那雙鮮紅眸子溫柔地注視著瑪莉。

「Recovery Atomic。」

接著，在鮮紅利爪與漆黑刀刃交鋒的瞬間，藍紫色的光芒掩蓋了這一帶。

「嗚嗚……」

自己似乎是暈過去了。

清醒過來之後，貝塔發現自己身處沐浴在「紅月」光芒下的寂靜夜晚。周遭的人全都失去意識了。她應該是最先醒過來的人。

到處都不見主人的身影。

他想必是投身下一場戰役了吧。真的是忙碌不堪……卻又溫柔不已的人。

「謝謝您，闇影大人……」

主人為了保護她們而挺身奮戰的身影，貝塔這輩子想必絕不會忘記。

發現自己身上的傷勢已經治癒，她的臉上自然而然浮現微笑。

仔細一看，六六四號、六六五號和六六六號身上的傷也都完全消失了。

想當然耳，主人的姊姊和瑪莉身上也看不到任何傷口。

「不愧是闇影大人。看來希妲的推論是正確的……」

貝塔用一只小瓶子回收了「噬血女王」的血液。

接著再將注意力放在自己沾染在戰鬥裝束上的血跡……使其浮空。

「吸血鬼的力量……加以鍛鍊的話，或許能派上用場。唉……總覺得我好像會被當成希妲的實驗樣本呢……嘿！」

貝塔操縱自己的血液，喚醒三名部下。

「好痛！」

「怎麼了！」

「這裡是哪裡？」

「妳們要睡到什麼時候呀。回去了。」

部下們連忙起身。

「咕……發生什麼事了……」

「這是怎麼一回事……」

無法治都市的兩人似乎也清醒了。

他們環顧四周，臉上寫滿了茫然。

「啥……這是闇影做的嗎……」

「闇影公子獨自守護了一切呀……」

「深紅高塔」消失了。

眾人不禁抬頭仰望，像是要烙印在眼底那樣……

「好了，走吧。」

說著，貝塔轉身。

「唔唔……」

「啊啊……！」

這時，她身後的克莱兒和瑪莉也醒了過來。

貝塔朝後方瞄了一眼，發現瑪莉從瓦礫堆中抱起某個人的身體。

那是蓄著一頭暗紅色長髮的美麗少女。

「『安歇之地』……希望妳們這次可以確實找到嘍。」

露出溫柔的微笑後，貝塔的身影融入漆黑的夜色之中。

在朝陽籠罩下，我遠眺著那輛全黑的豪華馬車，打了一個呵欠。

馬車車窗被厚重的窗簾掩著，看不到裡頭的乘客。姊姊似乎是在裡頭跟她的吸血鬼友人道別。

秋高氣爽的這天，澄澈的空氣吸來十分舒服。

雖然發生了很多事，不過，跟吸血鬼始祖本尊相關的事件結束了。

途中，因為發生出乎意料的問題，讓我費了好一番功夫處理。但反正最後的補救作業進行得很順利，只要有好結果，也沒什麼好挑剔的。

然而，我沒能把所有金幣補救回來。最高紀錄原本是讓人眉開眼笑的三千枚金幣，但因為發生太多事情，最後帶回來的只有五百枚。

金幣五百枚——換言之，就是五千萬戒尼。完全不夠我過一輩子。

不過，仔細想想，我發現五百枚其實也足夠了。

因為無法治都市依舊存在，高塔也還剩下兩座。

經濟有困難的時候，再過來一趟就行了。沒錯，因為無法治都市等同是我的存錢桶。

過了一會兒之後，馬車大門敞開，姊姊從裡頭走了出來。

說到姊姊，其實狀況變得很不得了。

事情發生在我們昨晚留宿的旅館裡。

我姑且想為自己之前擅自外出散步的事向姊姊道歉，因此造訪了她的房間。

這時，我看到了。

姊姊的右手出現了一個超帥氣的魔法陣，而她正在用繃帶纏住右手，試圖隱藏魔法陣——我目睹到這個瞬間。

姊姊甚至還低聲唸著「右手隱隱作痛……我擁有特別的力量……」之類的。

我默默地、輕輕地關上大門。

魔法陣、用繃帶隱藏、特別的力量。這三者的組合——

沒錯，姊姊也邁入這種年紀了呢……

步下漆黑馬車的姊姊，以帶著幾分陰鬱的微笑朝我走來。

我盡量以平常的語氣搭話。

「跟妳朋友說完話了嗎？」

「嗯，我們走吧。」

我和姊姊邁出步伐。

就在這時候──

「席德……」

姊姊突然從後方伸手擁住我。

「……怎麼了？」

「沒什麼……不，果然還是……其實我……」

來了……！

「我的體內沉睡著特別的力量……」

坦承祕密的事件。

這種情況下，不可以予以否定。輕率的否定，會讓孩子走上歧途。

「我明白。我也覺得姊姊很特別。」

「你果然願意相信我呢……」

姊姊將我擁得更緊。

「我必須查明這股神祕力量的緣由才行。還有那個人的……」

「嗯，姊姊的話一定不會有問題。無論姊姊走上什麼樣的道路，我都會支持妳喔。」

「席德……你知道闇影這號人物嗎？」

「是之前在武心祭上大顯身手的人吧。他怎麼了嗎？」

「……沒什麼。」

姊姊再次用力抱住我。

今後，前方想必會有各種苦難等著姊姊吧。煩惱、痛苦、現實，都是她必須直接面對的問題。不過，既然感到右手隱隱作痛，那也沒辦法了。人們就是這樣成長為大人的。

無論她最終走上什麼樣的道路，我都打算尊重她的選擇。因為，她所走的道路，都是我過去曾經經歷過的……

這時，我感受到後方有一股視線，於是稍稍轉過頭。

在全黑的馬車外頭，一名撐著巨大黑色陽傘的少女站在那裡。

雖然臉被陽傘遮住，但她一頭動人的暗紅色長髮在秋風中搖曳。

她朝這裡深深一鞠躬。

Not a hero, not an arch enemy,
but the existence intervenes in a story and shows off his power.
I had admired the one like that, what is more,
and hoped to be.
Like a hero everyone wished to be in childhood,
"The Eminence in Shadow" was the one for me.
That's all about it.

The Eminence in Shadow

I can't remember the moment anymore.
Yet, I had desired to become "The Eminence in Shadow"
ever since I could remember.
An anime, manga, or movie? No, whatever's fine.
If I could become a man behind the scene,
I didn't care what type I would be.
Not a hero, not an arch enemy,

附錄

小小克萊兒的弟弟觀察日記！

The Eminence in Shadow
Volume Three
Supplement

The Eminence in Shadow

SUPPLEMENT

今年八歲的克萊兒．卡蓋諾，有個比她小兩歲的弟弟席德．卡蓋諾。

克萊兒是一名傑出的少女。

在代代栽培出優秀魔劍士的卡蓋諾家，她的未來備受眾人看好。

相較之下，她的弟弟席德……就是個平凡的孩子。

他沒有比較笨，也並非特別缺乏運動神經。

然而，不管做什麼，弟弟都顯得十分平凡而不起眼。

用一張圖畫來比喻的話，如果克萊兒是圖畫正中央最吸睛的存在，那麼，弟弟大概就是從她背後經過的路人A。

——不相稱的姊弟。

克萊兒莫名討厭周遭的人這樣歸納他們姊弟倆。

出生在卡蓋諾家的孩子，到了六歲就必須開始接受成為魔劍士的訓練。

八歲的克萊兒在兩年前就已經開始接受訓練，優秀的她，也頻頻在孩童比武大會中摘下冠軍。

今年滿六歲的弟弟席德，最近也開始接受同樣的訓練。不過……

「嗚嗚嗚……姊姊好強喔……」

席德趴倒在地上，嗚咽著說出沒出息的發言。

「等等，我只是輕輕敲到你而已吧？不要這樣沒出息地唉唉叫啦！」

克萊兒俯瞰著席德，以練習用的木劍戳他。

「不、不要這樣啦，姊姊……！」

席德一邊反抗，一邊在地上蠕動。

「看吧～你還能動呀。就是因為沒有毅力，才會馬上趴在地上！」

「太不講理了啦……」

「真的很沒出息耶……對了，我有一個好點子。」

語畢，克萊兒揪住席德的衣領，拖著他往某處走。

姊弟倆每天早上都會在父親的監督下訓練，若是父親當天有工作，克萊兒和席德就會進行自主訓練。

順帶一提，是強制性的。

「妳、妳要帶我去哪裡啊？」

被拖著走的席德仰望克萊兒這麼問。

「因為你實在太沒出息了，我要帶你去做能讓你變得更有毅力的特別訓練。」

「特、特別訓練……？」

「禿驢說過了吧？有個刀疤盜賊團潛藏在附近的森林裡。」

她口中的禿驢是指自己的父親。

因為母親總是叫父親禿驢，所以克萊兒也跟著這樣叫。小孩子都會跟父母有樣學樣。

「嗯，所以爸爸交代我們不可以靠近森林……」

「就是因為這樣，我們才要去啦！」

「咦咦！為什麼會變成這樣啊？」

「這麼做的話，你才能變得更有毅力呀！」

「行、行不通的啦，我們放棄吧……」

「你看，你每次都馬上說這種不爭氣的話！你忘記姊姊之前在比武大會裡拿到冠軍了嗎？不用煩惱這麼多，安心吧。」

「可、可是那是小孩子的比武大會耶……嗚呃呃～」

就這樣，克萊兒拖著席德，從祕密通道偷偷溜出自家，朝森林前進。

踏進森林後，兩人已經持續走了兩小時左右。
「姊姊，我們回去吧，再走下去會很危險……」
克萊兒仍拉著席德的手大步向前。
「你在說什麼呀，我們才剛剛踏進森林耶！」
「已、已經快到中午了，媽媽也會擔心喔。」
「對、對喔……要是沒趕上吃午餐，媽媽會生氣。」
在卡蓋諾家，爸爸是禿驢，媽媽則是厲鬼。
「沒錯沒錯，媽媽會生氣。」
「……沒辦法了。那今天的特別訓練就結束吧！你多少變得比較有毅力了吧？」
「有有有。」
「我可是為了你才這麼做喔，快點感謝我！」
「謝謝謝謝。」
「好，那我們回去吧！」
語畢，克萊兒轉頭準備往回走——就在這時候——
「噢，沒想到這種地方會有小鬼出現啊……」
伴隨著一道粗野的嗓音，七名男子從樹叢後方現身。
經過鍛鍊的體格，以及看起來已經用了很久的劍。感覺他們不是一般的村民。
「難道，你們就是刀疤盜賊團？」

「妳倒是很清楚嘛。抱歉啦……我們可不能讓你們兩個活著回去。」
男子們睥睨著克萊兒，臉上露出凶惡的笑容。
「那、那是我要說的話！」
克萊兒抽出孩童用的劍。
但她的兩隻手十分僵硬，還不停顫抖。
「是魔劍士的幼苗啊。如果妳遇到的是普通的盜賊團，說不定還有辦法應付啊……」
說著，一名盜賊也跟著拔劍。
「你、你這話是什麼意思呀……！」
「很遺憾，我們跟普通的盜賊可不一樣。刀疤盜賊團的成員全都是魔劍士。我們專挑請一堆保鏢的貴族或大型商會當下手對象，目前，我們的跨國懸賞金已經高到一億戒尼嘍。就算一群平凡的魔劍士聚集起來，也打不贏我們。」
克萊兒朝在一旁直打哆嗦的弟弟瞄了一眼，接著像是要保護他那樣往前站一步。
「那、那又怎麼樣！」
「小妹妹妳長得還挺可愛的，應該能賣個不錯的價錢，但一旁的小弟弟就只能殺掉嘍。」
「要是敢對席德出手，我絕對不會放過你們！」
先採取行動的人是克萊兒。
克萊兒敏捷到讓人難以想像她才八歲，一瞬間就鑽入男子的懷裡。
接著——是一陣刀劍交鋒的尖銳鏗鏘聲。

「妳的動作出乎意料得快嘛。」

克萊兒的劍被輕而易舉擋下。

刀刃相抵的兩人，開始以蠻力決勝負。

「咕……席德，快逃！」

為了盡可能爭取一點時間，克萊兒對握劍的雙手使力。

這個瞬間，一道驚人的衝擊朝克萊兒襲來。

「咕呃——！」

她被對方踹了一腳。

男子在雙方刀刃相抵的同時，輕而易舉地將她踹飛。

光是這一腳，便讓克萊兒重重撞上樹幹，無力倒地。

這就是大人和孩童之間令人絕望的力量差距。

「嘎啊……」

「妳資質很不錯。不過，畢竟是小孩子的力量啦。」

「席德……快逃……」

只要弟弟能平安逃走，克萊兒不會再苛求什麼。然而，這樣的願望並沒有實現。

「不、不准欺負我姊姊！」

席德揮動練習用的木劍，試圖向盜賊團挑戰。

「席德……不可以……」

淚水從克萊兒的眼眶裡溢出。

「礙事。」

男子朝瘦小的席德使出一記橫砍。

目睹席德被打飛，無力地倒地，克萊兒再也止不住眼淚。

「啊啊……席德……席德……！」

——過往的珍貴回憶在她的腦中浮現。

那是克萊兒年僅三歲，才剛開始懂事的時期。

趁著父母不注意的時候，她將手伸向火正在加熱的鍋子，結果不慎打翻。

大量熱水從克萊兒上方傾盆而下。

年僅三歲的她無法做出任何反應。

不過，就在這時候——

有人從後方猛扯她的衣領。

千鈞一髮之際，克萊兒整個人往後方跌坐在地上，逃過了被熱水燙傷的命運。

而從後方扯她衣領的人，就是年僅一歲的席德。

在記憶模模糊糊的那段幼年時期，克萊兒就曾三番兩次被席德拯救。

差點從窗邊摔下來的時候、差點被流浪狗咬的時候、因為迷路而哭泣的時候，都是席德救了她。

儘管無人相信，或是記憶隨著時間經過而風化，總會在關鍵時刻拯救自己的人，就是席德。

所以，克萊兒討厭聽到旁人說「這對姊弟很不相稱」。

她很希望大家也明白弟弟的過人之處。

然而，就是她這樣的想法，讓弟弟遭遇了危險。

「對不起……對不起……席德……」

在逐漸模糊的意識當中，克萊兒試圖將手伸向已經一動也不動的弟弟。

下一刻，毫髮無傷地從原地起身的席德，想必也只是她的幻覺吧。

黑髮的孩子彷彿什麼事都沒發生過那樣從原地起身。

「為了拯救姊姊而使出有勇無謀的突擊，結果慘遭敵方一招打趴的路人弟弟——我的表演實在是太完美了。」

「你、你應該……有被我砍到啊……！」

盜賊們錯愕地瞪大眼睛。

「你剛才砍到的，是我還在研究中的史萊姆。」

說到這裡，一塊塊的史萊姆從這個孩子的衣服內側滑落地面。

「啥……史萊姆……？」

「看來耐用度不太好呢，得再多收集一些才行。」

說著，小男孩還無奈地嘆氣。

被盜賊團成員團團包圍，卻沒有流露出一絲恐懼之情。這個孩子感覺很異常。

「我本來就打算今晚要過來消滅你們。但姊姊每次都不按牌理出牌。」

小男孩這麼說，然後撿起姊姊掉在地上的劍。

「真是個莫名其妙的小鬼。無妨，我這次會確實給你致命——」

話說到一半，男子突然沒了聲音。

「咳咳——咳噗！」

男子按著喉頭咳了幾聲，鮮血從他口中湧出。

「咦，你意外很弱耶……？」

小男孩手中那把劍，前端染上了令人觸目驚心的血跡。

頸部被割開的男子癱軟倒地。

「這、這個小鬼是怎麼回事啊——！」

目睹這段過程的其他盜賊紛紛拔劍。

「完全沒看到他揮劍！這小鬼不是普通的小鬼頭！」

「別管了，包圍他！反正只是小鬼一個，大家一起圍毆——」

「——沒錯。」

此時，小男孩已經展開行動。

「啥——！」

「我畢竟還只是個孩子。」

然後又砍飛一個人的頭。

「在、在後面！」

有人發出錯愕的慘叫聲。

「肌力跟魔力都還在發育途中，被包圍的話就完蛋了，沒有突圍的方法。」

小男孩的嗓音從林木間傳來，第三個人、第四個人的頭陸續被砍飛。

「騙人的吧，好、好快——！」

「也沒你說的那麼快啦。小孩子的肉體無法負荷比這更快的速度了。」

盜賊們完全無法以肉眼捕捉小男孩的動作，只能任憑他砍斷自己的脖子。

第五個、第六個。

終於只剩下最後一個人。

「——原來如此。確實沒有想像中那麼快。只是看起來很快而已。」

一道尖銳的聲響，中止了這場斷頭處刑。

滿臉是傷的盜賊成功擋下了席德這一刀。

「因為體重很輕，所以可以做到某種程度的加速和減速。但最高速度就沒什麼看頭了。」

說著，盜賊朝後方跳開，和小男孩拉開距離。

「為了補足自己的體能弱勢，以奇襲讓對手方寸大亂，再一一擊倒嗎？小小年紀，倒是挺了不起的呢。」

「謝謝。順便問一下，你就是刀疤本人對吧？」

「嗯，沒錯，我就是刀疤。」

說著，刀疤舉起巨大的開山刀。

下個瞬間，他的身影消失了。

「——在後面。」

刀疤出現在小男孩身後。

在他揮下巨大開山刀的同時，小男孩也轉身揮刀。

兩把劍交會後——小男孩被打飛至半空中。

「真輕啊。」

小小的軀體在空中旋轉。

最後，小男孩以宛如貓咪的輕巧動作著地。

「因為我往後跳了。不過，手麻掉了呢。」

他甩了甩雙手。

「遇上我這種對手算你倒楣。無論是肌力、魔力還是速度——都是我占上風。」

「是啊。」

小男孩坦率地認同盜賊的說法。

「真可惜啊……我也是曾經致力於鑽研劍術之人，所以明白。再過十年……不，再過五年，你就能成為聞名世界的魔劍士吧。」

「這樣啊。」
「要摘除這樣的可能性，著實令人惋惜……不過，我也得報仇才行。」
刀疤的身影再次消失。
下一刻，開山刀咻地橫砍向男孩嬌小的身子。
這刀理應將小男孩砍成兩半才對。
「什麼……！」
但開山刀卻沒有砍中任何東西的手感。
以為將小男孩一刀兩斷的瞬間，他的身影從刀疤的視野中消失。
「——那是殘像。」
稚嫩的嗓音從背後傳來。
「這怎麼可能——！」
刀疤轉身，發現小男孩毫髮無傷地站在那裡。
「小孩子的肉體很脆弱，馬上就會瀕臨極限。既然這樣——」
他揮下那把孩童用的劍。
「——超越極限就行了。」
刀身在半空中描繪出動人的銀色軌跡，然後襲向刀疤。
「好快……！」
刀疤能用開山刀擋下這一擊，可說是奇蹟。

驚人的衝擊讓他的雙臂一陣發麻，表情也跟著扭曲。
不過，現在的狀況變成兩把劍的角力。
憑刀疤的力氣，應該能輕易將一個小男孩打飛才是。
然而——
「咕，動不了！為何——！」
不管再怎麼使力，他都揮不開小男孩的劍。
同時，周遭的空氣開始震動。
小男孩的魔力開始高漲到十分驚人的程度。
「這、這股魔力是……！」
小男孩的雙眼泛出鮮紅光芒。
「Over Drive。」
開山刀表面出現龜裂——然後粉碎。
破碎的刀身在半空中飛舞。
被一刀兩斷的刀疤，在噴濺出大量鮮血後倒地。
他的雙眼因錯愕而瞪得老大。
小男孩俯瞰倒在地上的他，吐了一口血。
「咳……對小孩子的肉體來說，這樣的負荷太大了。」
他抹去嘴唇上的鮮血。

又揮去沾附在刀刃上的血。

「三十分。『影之強者』不應該陷入這種苦戰。」

他嘆了一口氣。

「姊姊、姊姊，快起來！」

聽到弟弟的聲音，克萊兒的意識瞬間清醒過來。

「席德──！」

「姊姊，太好──咕呃！」

克萊兒使盡全力緊緊摟住席德，眼淚也撲簌簌流下來。

「席德，你平安無事嗎！太好了，真的太好了……」

強烈的後悔和安心感，高漲到幾乎讓她的胸口破裂。

「對不起……對不起喔……讓你遇到這麼可怕的事……」

「嗚……嗚咕……好痛苦……」

「席德、席德、席德……咦，這麼說來，那些盜賊呢？」

終於回過神來的克萊兒環顧四周。

這裡沒看到半個盜賊，只有四濺的血跡遺留下來。

「剛……剛才有賞金獵人出現，所以那些盜賊都逃走了。賞金獵人也追著他們離開……」

席德在克萊兒懷裡掙扎著回答。

「這樣啊……真的太好了。」

「好、好痛苦……」

「謝謝你，席德。你剛才打算救我吧？」

「嗯……嗯，但我被盜賊打飛了……」

克萊兒搖搖頭。

她想起了差點被自己遺忘的珍貴回憶。

「你總是在拯救我。從以前開始，就一直、一直都……」

所以，克萊兒最喜歡席德了。

「姊姊會變得更強。變強之後，就換我來保護你。」

為了不要再次失去席德，克萊兒將他緊緊擁入懷中。

四章

我會破壞一切，再賦予新生！

The Eminence in Shadow
Volume Three
Chapter Four

「妖狐」雪女在「純白高塔」的最上層等著他的到來。

皎潔的月光從外頭灑落室內，蠟燭的火光打亮了餐桌上豐盛的佳餚。

火光搖曳了一下，同時，一個漆黑身影出現在昏暗的室內。

「您來了呀……」

不知何時，穿著一襲漆黑長大衣的闇影，已經佇立在和式拉門前方。

「闇影公子，奴家恭候大駕已久。」

兩名穿著暴露和服的美女領著闇影往前走。

他在雪女對面的椅子上坐下。

「前幾天承蒙您照顧了。多虧闇影公子，奴家才能像這樣保住一條命喲。」

說著，雪女朝闇影低頭致意。

在低胸和服下方的一對玉峰跟著搖晃。

「您願意接受奴家的謝禮嗎，奈津、香奈？」

語畢，雪女露出妖豔的微笑。

被喚作奈津和香奈的兩名美女，拉開和服的上半身朝闇影走去。

「——沒有必要這麼做。」

「您不喜歡這樣嗎……」

雪女指示奈津和香奈離開房間。

接著，她挨近闇影身旁為他斟酒。

「這是最高級的和酒。」

然而，闇影連酒杯都不碰一下。

「——有話快說。」

「奴家只是想跟您好好相處喲。」

雪女在闇影耳邊這麼低喃，然後輕笑了幾聲。

「不過，要增進感情得花上一點時間吧。就當作是取代謝禮，奴家有個不錯的提議。」

雪女以豐滿的上圍抵著闇影的手臂。

「您知道四越商會包圍網嗎？看到四越商會在業界嶄露頭角，產生危機意識的各大商會建立起這個組織，打算一起擊潰四越商會呢。無論最後贏的是四越商會或商會聯盟，這都是一場決定何者能成為業界霸主的戰爭。不過……」

雪女將唇瓣貼近到足以觸及闇影耳朵的程度。

「最終會獲勝的，既不是四越商會，也不是商會聯盟，而是奴家跟闇影公子喲……」

她朝闇影輕吹一口氣，再把頭靠在他的肩膀上。

「請您跟奴家聯手，將這場大戰中的利益化為囊中之物吧。」

闇影的耳朵抽動了一下。

從米德加王國王都乘坐馬車行進兩天左右的深沉夜晚之中。

在火炬光芒照耀下，駕駛馬車的一行人選擇在此地紮營。

馬車上刻著一個像是面具的商標——這是隸屬於四越商會的證明。

眾人都已經入睡的馬車隊伍中堆著大量的貨物。據說承載了四越商會貨物的馬車，每輛都擁有超過一億戒尼的價值。這樣的馬車數十輛並排在一起的光景，只能用驚人形容。

這些貨物將會被送往王都，陳列在商店裡。人們會爭先恐後地搶著搜刮，為商會帶來利潤。

就這樣，四越商會以令人驚歎不已的表現在業界崛起。

當然，也有商人將四越商會視為危險。但因為四越商會的商品有著極大的市場需求，就算這些商人集結起來，也無法與之抗衡。

四越商會的體制便是如此堅若磐石。

不過，要是集結商人贏不了的話，集結大商會又如何呢……？

最後——各大商會終於願意攜手合作。

在這片黑暗之中，有幾個人影正從高處俯瞰著四越商會的紮營區。

他們以布塊遮掩自己的長相，每個人腰間都配著一把劍。看上去雖然像山賊，但有一點讓人覺得事情並不單純。

這些人全都是魔劍士。

因為犯罪，最終自甘墮落成山賊的魔劍士並不罕見。然而，若是一整團山賊都是魔劍士，就很稀奇了。

他們以手勢打暗號，悄悄朝商會的紮營區靠近。

然後一鼓作氣進攻。

「呀啊啊啊啊啊啊啊啊啊啊！」

女性的尖叫聲響起。

砍殺負責看守的銀髮精靈後，他們陸續對商會的人大開殺戒。

殺戮聲響在漆黑的夜裡迴盪。

像這樣遭到一大群魔劍士襲擊，就算是四越商會，也完全無力自保。

最後，只剩下一名白金髮色的美麗精靈。

從馬車裡頭被拖出來的她，藍色的雙眸泛著淚光。

「請……請饒了我一命吧……」

看到這名美麗動人的精靈，男子們藏在布塊後方的臉上浮現卑劣的笑容。

「就拿這傢伙來殺雞儆猴吧。」

「咯咯！這點子不錯。」

男子們粗魯地將精靈綁起來。
「殺雞儆猴……？這是什麼意思！」
「妳很在意嗎？」
「不……不要，請別傷害我……！」
男子拔劍，將女子身上的洋裝從衣襬開始緩緩劃開。動人的白皙肌膚跟著坦露出來。
「惹到卡達商會，算你們不走運呢。會長一聲下令，就讓過去敵對的大商會統統聯手起來，只為了對付你們。四越商會這下玩完嘍……」
「啊啊，怎麼會……難道你們是……」
「一如妳所想的，我們是卡達商會的私人部隊。我們的力量可是足以匹敵一個小國的軍力喔。」
女子的眼中浮現絕望。
男子露出殘虐的笑容，以刀尖劃破洋裝胸口的部分。
白皙的酥胸跟著坦露在外——本應如此。
出現在男子眼前的，是和女子的肌膚緊密貼合的黑色布料。
這片黑布隨即包覆住女子的整個身體，掩藏她坦露出來的肌膚。
「什、什麼？」
「感謝你提供的情報。」
女子的藍色雙眸中已看不到絕望。出現在那裡的，是絕對強者的冷酷眼神。

「妳——！」

男子揮劍。

女子沒有避開。

刀刃砍向女子的頸部，然後停了下來。那襲黑色裝束完全將利刃阻絕在外。

「——啥！」

女子以冰冷的視線傲視刀刃，這麼開口：

「——真是脆弱。」

接著是一記突刺。

漆黑刀刃從男子的心臟貫穿到背部。

女子看也不看吐血倒地的男子一眼，只是舉起手中的漆黑刀刃。

「制裁利刃——出鞘。」

在她一聲令下，最先遭到殺害的銀髮精靈隨即俐落起身，砍殺了一旁的刺客。

以銀髮精靈的行動為開端，本應遭到殺害的其他商會成員也陸續起身，將在場的刺客全數擊潰。她們的外衣下方，同樣是一襲黑色的緊身裝束。

形勢完全逆轉。

女子們揮劍砍殺抱頭鼠竄的刺客。

求饒聲和慘叫聲此起彼落。片刻後，夜晚再度恢復了靜謐。

「還是寧靜的夜晚比較好……貝塔，報告現況。」

白金髮色的精靈這麼指示銀髮精靈。

「阿爾法大人，刺客的殲滅工作已經順利完成。我方未蒙受任何損害，也沒有出現傷者。我們成功俘虜了三人。」

被喚作阿爾法的美麗精靈點點頭。

「後續工作就交給編號者處理吧。」

「是！」

「戰爭要開打了呢。」

說著，阿爾法以一雙湛藍眸子直直望向遠方的天空。

秋天即將結束，夜晚的氣溫也跟著降低。

待在宿舍房間裡的我，一邊聽著蟲鳴，一邊換上西裝。這個世界原本沒有西裝這種衣物，但在四越商會的推廣下，最近似乎在貴族之間蔚為風潮。

不過，我這套西裝並不是四越商會的商品，而是雪狐商會製作的偽西裝。這是雪女送給我的禮物。

在無法治都市以外的地方，雪女似乎經營著全年齡適用的一般商會。她的雪狐商會以四越商會的仿冒品為主力商品，目前正在努力抬升業績。

然而，四越商會的產品，其實全都源自於我前世的知識。因此，即使是仿冒技術一流的雪狐商會，能夠仿冒的產品也只有一小部分。

四越商會的技術可是世界第一！

倘若這個世界有反壟斷法的話，四越商會掌握的市場，無疑早已超過規定。

「也難怪大商會聯盟會動怒……」

她們做得有點過火了呢。

我以直條紋襯衫和較細的黑色領帶來搭配黑色西裝。鞋子則是黑色的一字橫紋紳士鞋。

我將瀏海撥到兩旁，以白色面具遮住自己的上半張臉。

「呵呵呵……」

彷彿化身ＦＢＩ探員。

史萊姆戰鬥裝束穿起來比較舒適，功能又優秀得沒話說，但畢竟不能被阿爾法她們識破。

好啦，差不多是跟雪女約好的時間了。

我關上房間的燈光，從窗戶跳出去，在夜晚中奔馳。

我徹底抹去自己的氣息——也沒有人追過來。

離開學園的腹地，在森林裡奔馳了數十分鐘後，我聽到瀑布聲，視野也跟著開闊起來。

眼前是一棟座落在溪流旁的宅邸。

森林、瀑布、溪流。和這樣的景致完全融合的這棟宅邸，其名為落水邸。

這裡似乎出自知名建築家之手，是雪女的大本營。

我維持著消除氣息的狀態，從透出溫暖光亮的窗戶潛入室內。

雪女坐在暖爐旁的沙發上。

一頭銀髮在暖爐火光照耀下閃閃動人。

聽到我喀喀作響的腳步聲，她轉過頭來朝我微笑。

「您還是老樣子，沒洩漏出半點氣息呢，闇影公子。」

「……敝人已經捨棄那個名諱了。」

我平靜地開口，在雪女對面的沙發蹺起腿坐下。

「對喔。從今天開始，您就是約翰．史密斯了嘛。」

「嗯，那是敝人現在的名字……」

我會暫時以超菁英特務約翰．史密斯的身分行動。我選擇感覺是冷酷特務會使用的「敝人」當作自稱。

「約翰公子願意成為同伴，讓奴家有如打了一劑強心針呢。您要喝一點嗎？」

「來一杯吧。」

身穿低胸和服的雪女，以強調上圍的姿勢在酒杯中注入葡萄酒。

嗯嗯，感覺她就像黑暗組織裡頭的性感搭檔，真不錯呢。

我做出假裝在品味香氣的動作，隨後啜飲了一口。順帶一提，我其實對葡萄酒的香氣或滋味沒什麼概念。

「敝人也有利益可圖。就只是這樣罷了……」

「哎呀，只有利益可言的關係，不會太寂寞了嗎？」

「彼此彼此吧。」

「這個嘛，您覺得呢……要試試看嗎？」

雪女舔了舔她豐潤的唇瓣，露出妖豔的笑容。

「這麼做只是浪費時間。」

「那麼，就留到下次吧……」

雪女將低胸設計的和服稍微拉攏，捧起酒杯啜飲，在杯緣留下了一抹鮮紅。

「前幾天，大商會聯盟召開了一場會議，但這次只是讓大家露臉跟確認行動方針，下次才會進行具體討論。不過，聯盟好像已經對四越商會施加了不小的壓力。四越商會或許會比想像中更早垮臺喲。」

「……是嗎？」

「咱們的計畫不會改變。先讓四越商會和大商會聯盟彼此磨耗，趁這段期間好好準備，等待時機到來——」

「——然後獲得一切。」

到頭來，還是因為阿爾法等人做得太過火了。

和大商會聯盟為敵的話，四越商會的未來恐怕只剩下絕望。

雪女是這麼說的。商店街的大叔也這麼說過。

這倒也是啦。

才剛開始經商幾年的小丫頭，怎麼可以跟身經百戰的大商會敵對呢？這是常識吧。

能夠拯救她們的手段只有一個。

——破壞一切，使其重生。

四越商會太過引人注目了，所以在各方面都被盯上。

雖然遺憾，但只能重置一次了。

四越商會將來會被大商會聯盟擊潰。

但在這之後，大商會聯盟也會被在暗中活躍的我和雪女鬥垮，然後共享他們大量的資產和全新的市場。

我會成立新的商會，讓阿爾法她們擔任幹部。

也就是說，我會讓四越商會換個名字再起。

「也要麻煩約翰公子協助了。不過，還請您留心一件事。」

「留心……？」

雪女帶著莫名陰鬱的表情起身。

接著，她背對我鬆開和服腰帶。

唰。

一身和服鬆脫落地，暖爐的火光打在她全裸的背影上。

出現在那裡的……是潰爛醜陋的背部。
「大商會聯盟裡有個讓奴家背部受傷的男人，名叫『劍鬼』月丹。」
雪女維持著背對我的姿勢，僅斜眼看我。
「殺死月丹的工作請交給奴家。奴家必定會取他性命……」
雪女低沉的嗓音，混在暖爐柴火燃燒所發出的霹啪聲之中。
語畢，她突然笑出聲。
「呵呵，咱們就繼續在暗中活躍一陣子吧。」
將落在地上的和服重新披在身上之後，雪女的心腹奈津和香奈再次現身，替她將腰帶綁好。
我啜了一口葡萄酒，無語地從沙發上起身。

假日。
我久違地和尤洛、賈卡三人一起像個路人地出門購物。
不過，我沒什麼特別想買的，所以只是隨便拿幾樣日用品丟進購物籃裡就去結帳了。
「收您五千戒尼。以紙鈔找零可以嗎？」
「啊，好。」
在回答之前先加個「啊」，是路人必備的特質。

不過，最近大家也開始使用紙鈔了呢。米德加王國基本上是貨幣經濟，但現在紙鈔已經普遍在王都流通了。

雖說是紙鈔，但說得正確一點，這並不是金錢，比較接近可以用來換錢的兌換券。

因此部分店家不收這樣的紙鈔，有些人也不愛用，結帳時詢問一聲是基本的禮節。

找完錢之後，我走出店內，不經意地望向手上的紙鈔。

「咦……？」

望向一千戒尼紙鈔，我突然發現了一件事。總覺得鈔票設計是不是變了啊？

「怎麼了嗎，席德同學？」

看到我突然止步的賈卡開口問道。

「一千戒尼的鈔票以前是長這樣嗎？」

「你在說什麼啊？這是最近才剛發行的大商會聯盟的新鈔啊。是說，原來你不知道我們為什麼要在今天出門採買嗎？」

「什麼意思？」

「今天有大商會聯盟為了紀念新鈔發行而舉辦的特賣會啊。」

「啊啊，對喔對喔，是這樣沒錯。」

是這樣啊？

「請你振作一點吧，席德同學。」

是嗎？為了讓新鈔流通，所以用特賣會來吸引買氣啊。

嗯？

既然這是大商會聯盟發行的新鈔，那我之前使用的紙鈔又是什麼東西？

因為突然間在意起來，我從錢包裡取出舊鈔仔細確認——然後發現了衝擊的事實！

「這啥啊！」

我忍不住吶喊出聲。

「等等，你怎麼了，席德同學？」

「喂喂喂，你怎麼啦，席德？」

「為什麼這上頭寫著『四越銀行』？」

這張一千戒尼紙鈔的一角，確實寫著「四越銀行」幾個字。

四越銀行是什麼東西？

阿爾法她們甚至還開起銀行來了嗎！

「因為這是四越銀行的存單啊。」

「一開始導入紙鈔制度的，不就是四越銀行嗎？用這種存單去四越商會旗下的集團消費的話，就能打折或是多送贈品呢。」

「啊，這麼說來……」

不知為何，打從一開始，紙鈔就只能在四越商會旗下的集團使用，而且使用紙鈔消費的話還會有折扣。我還覺得不可思議，原來是這麼一回事嗎？

她們甚至瞞著我開設銀行了啊。

瞞著我？

奇怪，這麼說來，我以前好像跟她們說過這樣的話題……

幾年前，我隨意和阿爾法等人聊了一些前世的知識後，她們每個人都用「不愧是闇影大人！」這樣的態度拍我馬屁，所以我也得意忘形地介紹了不少東西。印象中，我好像是在那時跟她們提到了銀行和信用創造的概念。

前世我曾經看過以信用創造為探討主題的ＭＨＫ兩小時紀錄片。我向阿爾法等人滔滔不絕說明的，便是那時留下來的、印象模糊的知識。

說明途中，因為我發現她們的眼神愈來愈不對勁，而我模糊的記憶也差不多到極限了，於是就拋下一句「剩下的由妳們自己思考」然後結束話題。不過，我記得她們之後好像就開始討論將來要創設銀行的計畫。

難不成她們是認真的？

這些人完全不懂什麼叫做「自重」嗎？

四越商會包圍網這種組織之所以會出現，絕對就是基於這個原因吧。

「就是因為這樣，大商會聯盟才發行了紙鈔嗎……」

畢竟，再這樣下去，只會讓四越銀行單獨勝利嘛。原來是這麼一回事啊。

現在，問題在於大商會聯盟對信用創造的危險性，究竟有何種程度的了解。

是時候活用從ＭＨＫ兩小時紀錄片獲得的知識了嗎？

「哼哼哼……問題在他們……對於相關危險性的……哼哼哼……」

「這傢伙一直在叨唸什麼啊？」

「大概有什麼壓力吧。他的人生可能過得不太順遂。」

雖然設計走簡單風格，但四越商會的紙鈔外觀細緻又富有品味，相較之下，大商會聯盟的紙幣則是高調、華美，但設計卻很粗糙。我將兩種紙鈔拿起來比對，然後發現了一件事。

咦，這個……

四越商會的紙鈔上有流水編號跟浮水印。

大商會聯盟的紙鈔上有流水編號，但沒有浮水印加工。而且設計也算不上細密。

如果製作大商會聯盟的偽鈔，不就能輕鬆發大財了嗎？

我自己一個人無法做出這種東西。

不過，我在黑社會有個可靠的搭檔。

啊啊，行得通、行得通喔。

「尤洛、賈卡，我馬上就會獲得『一切』了……」

「你在說什麼啊……」

「席德同學，難道你的腦袋……」

好啦，快回想起來吧，我的大腦！

就靠你嘍，ＭＨＫ兩小時紀錄片！

夜晚。一邊眺望著暖爐火光，一邊小酌的雪女，感受到一陣風吹進室內。

她轉頭，發現後方的窗戶敞開著。同時，她聽到一個像是用指頭彈飛金屬的聲音。

「是約翰公子嗎……？」

這麼問之後，一名身穿西裝的男子從黑暗中現身。

結實勻稱的體型、白色的面具，以及充滿自信的微笑。

在雪女對面的座位坐下後，他繼續把玩手上的一枚金幣，以手指將其彈到半空中。

「這一枚金幣的價值，將會膨脹為好幾倍。宛如海市蜃樓般虛幻的信用……」

他以低沉而清晰的嗓音開口。

雪女察覺到他話中所指的，是最近在市面上大量流通的紙鈔。

「被大眾視為紙鈔的那種紙片，說得正確一點，其實並非紙鈔，而是銀行存款的存單，只是用來兌換存放在銀行的金幣的兌換券。然而，四越商會為這種存單加上支付功能，並使其流通──也就是說，人們可以直接用這種存單進行交易。在王都，面額一萬戒尼的存單，可以用來購買價值一萬戒尼的商品。只要持有這種存單，任何人都能跟四越銀行兌換一萬戒尼的現金。因此，大眾開始相信這種紙片和貨幣有著同等的價值……」

說著，他將兩張紙片放在桌上。一張是四越商會的紙鈔，另一張則是大商會聯盟的紙鈔。

「不過，事實真是如此嗎？假設有人在四越銀行存放了一萬戒尼。這時候，四越商會會給對方一萬戒尼的紙鈔作為存單，存款人則會在日常生活中使用這一萬戒尼的紙鈔購物。不過，這時候，神奇的事情發生了。存放在銀行裡的一萬戒尼，以及在市面上流通的一萬戒尼紙鈔——原先只有一萬戒尼的貨幣，是不是在不知不覺中倍增成兩萬戒尼了？」

雪女認為，四越銀行的高明之處，便在於他們成功讓大眾相信「銀行存款的存單擁有和貨幣同等的價值」。

因此，他們能把區區一枚金幣增值成原來的好幾倍。

「倘若存放在銀行裡的一萬戒尼，就這樣一直躺在金庫裡，倒還不會有問題。就算實際上的貨幣增值為兩萬戒尼，如果在市面上流通的貨幣仍只有一萬戒尼，就不會產生矛盾。然而，四越銀行以金庫裡的那一萬戒尼存款作為擔保金，又發行一萬戒尼的紙鈔，供作放款用途。」

很少人會去把銀行裡的存款提出來。要是能用輕便的紙鈔購物，那就更不用說了。沒人想隨身攜帶沉重又鏗鏘作響的大量金幣。

此外，王都興盛的景氣，更從後方推了四越商會一把。

為了開創新事業，前來貸款的人絡繹不絕，四越商會的紙鈔也因此迅速普及。

「金庫裡的一萬戒尼增值成原先的好幾倍，在王都裡流通，促成了空前未見的興盛景氣，而四越商會也賺足了鉅額的利息。這就是信用創造的概念……」

信用創造……完全就是字面上所說的那樣。

四越銀行的負責人，可說是史上罕見的詐欺師。

究竟是什麼樣的人物，才有能耐設想出這般大膽又狡猾的手法？對方又是如何構思出來的？有機會的話，雪女很想跟這個負責人聊一聊。

「這張紙片的價值，真如人民所相信的那樣嗎……？」

要是老百姓們聽到約翰的說法，想必會錯愕不已吧。

不過，在大商會聯盟的幹部之間，此乃眾所皆知。

畢竟盯上四越商會這種手法的正是大商會聯盟。

這點程度的事情，約翰想必也很清楚才對。那麼，他說這些的目的又是什麼？雪女實在無法揣測他的心思。

「這裡有兩張紙鈔。一張是四越商會發行的，另一張是大商會聯盟發行的。妳比較一下，看能不能發現什麼吧……」

「要奴家發現什麼嗎……」

雪女以宛如澄澈湖面的一雙眸子比較兩張紙鈔。不用說，兩者的設計當然不同。但她不覺得這是對方所追求的答案。

這樣的話……

「是有無浮水印這點嗎？」

「沒錯。要補充的話，就是大商會聯盟的紙鈔做工比較粗糙。妳知道這代表什麼意義嗎……？」

「可以輕易製造出偽鈔？但是這——」

「沒錯。我們就靠偽鈔來大賺一筆吧。」

「呃，噢……」

雪女微微歪過頭。

製作偽鈔這種事，連小孩子都想得到。

當然，雪女也想過這種做法，大商會聯盟也很清楚自家紙鈔容易出現假貨。

「約翰公子，大商會聯盟的紙鈔目前只有在王都流通而已。若是市面上出現偽鈔，來源很快就會被查出來。」

約翰的動作瞬間靜止。

「如果只是小規模操作，或許還不會被發現，但這樣頂多只能賺些零用錢而已。然而，要是進行大規模操作，馬上就會被抓到，然後就沒戲唱了。」

目前，大商會聯盟的紙鈔流通範圍還很小。因此，要透過流通路徑調查偽鈔的來源，並非困難之事。

若是有大量偽鈔在市面上流通，來源馬上會被查到，如果只是少量，還不至於引發什麼大問題。更何況，應該不會有笨蛋用這種方式跟大商會聯盟作對。

比起偽鈔，對大商會聯盟而言，放任四越商會恣意發展才更危險。

再這樣下去，除了銀行業，就連商會的販售網都會被他們獨占。

「那個……約翰公子……？」

約翰頹喪地垂下雙肩。

這樣的他，看起來就像是想找朋友一起去尋寶，卻被回以「寶藏這種東西不存在啦」這種成熟的指摘，因此沮喪的孩子。

難道他是認真打算製造偽鈔嗎？

他意外有著可愛的一面呢——這麼想的雪女露出微笑。

然而，下個瞬間——她感受到一股極為強大的壓迫感。

垂下雙肩的約翰，此刻散發出極為驚人的魄力。

「什——！」

「妳真的這麼認為嗎……？」

約翰以彷彿來自深淵的嗓音問道。

這股壓迫感是怎麼回事？

不是魔力，而是有如具現化的意志——

彷彿在示意雪女的判斷錯誤。

他是在試探——試探雪女是否真能夠勝任他的搭檔……！

可是……自己究竟是遺漏了什麼呢？

雪女重新仔細思考一連串金流的狀況。

然後察覺到一件事。

「啊——」

倘若能夠讓大量的偽鈔在市面上流通……大商會聯盟的信用將會瓦解。

大眾想必會對大商會聯盟發行的紙鈔產生疑問，並向他們提出兌換現金的要求吧。

然而，透過信用創造的手法，大商會聯盟早已發行了價值遠超過原本金額好幾倍的紙鈔，因此不可能將全數紙鈔兌換成現金。

大商會聯盟的紙鈔將會化為廢紙。

也就是說——

「您打算透過大量流通偽鈔的方式，刻意引發信用緊縮的問題嗎！」

能在短期間內讓大商會聯盟垮臺的話，操作期間愈短，愈不容易被發現，同時風險也愈小。

再說，雪女還有無法治都市這個藏身之處。

如果透過無法治都市讓偽鈔流通，聯盟想追查上游，想必得花上一些時間。

在大商會聯盟得知一切的瞬間，早就為時已晚。

約翰已經考慮到這個階段的發展了。

此時，雪女終於明白他剛才之所以垂下雙肩的理由。

那是對雪女失望的反應。

約翰對無法理解偽鈔真正用意的雪女失望，於是決定試探她。

他絕不是基於輕率的想法，而提出製作偽鈔的計畫。

這是經過徹底算計的完美安排。

約翰剛才說過：「這張紙片的價值，真如人民所相信的那樣嗎……」

這句發言，正是在暗示信用緊縮的結局。

「在被發現之前讓對手垮臺即可……多麼大膽呀。」

沒想到，區區一個製作偽鈔的計畫，竟然藏著如此深遠的意義……

他的每一句話，全都是未來的伏筆——

約翰深謀遠慮到旁人完全無法計測，令雪女的背部滲出冷汗。

然而，還沒有結束。

「妳真的這麼想嗎——？」

「什——！」

約翰再次釋放出更加強大的壓迫感。

難道自己還有什麼遺漏之處？

雪女拚命動腦思索，仍找不出答案。

約翰藏在面具後方的那雙眼睛，像是要看穿雪女那樣直盯著她。

糟了、糟了、糟了——！

「……奴家……是這麼想的。」

雪女垂下頭輕聲回答。

這個計畫沒有半點破綻。所以，她也只能這麼回答……

她感嘆自身的無能，同時也做好了被制裁的心理準備。

然而……來自約翰的壓迫感消失了。

「——正是如此。」

「咦……？」

他……他在套話——！

倘若雪女輸給這股魄力，選擇道出敷衍的答案，約翰想必就會毫不迷惘地制裁她吧。

坦率回以肯定，才是他想要的正確答案。

約翰最後試探的，是雪女誠實與否。

理解了這一切之後，雪女全身無力地癱倒在沙發上。

「咱們就來製作偽鈔吧。這比原先的計畫更加踏實。關於偽鈔的製造跟流通，請交給奴家負責。一旦偽鈔開始流通，想必就會有人著手進行調查。屆時，就請您負責處置追查真相的那些人了，約翰公子。」

「明白了。」

「至於詳細的計畫，奴家日後再聯繫您。」

「……好。」

語畢，約翰將手中的那枚金幣彈至空中。

金幣旋轉落下，在落地後發出清脆的聲響。

此時，約翰的身影已經消失無蹤，只剩下冰冷的晚風吹撫。

落地的金幣滾到雪女的腳邊。

她將金幣撿起，再像約翰那樣以手指將其彈起。

「那就是約翰·史密斯……過去被稱為闇影的男人……」

何等的足智多謀——

何等的膽識過人——

何等的強大力量——

「他可謂是百年難得一見的大人物呢……」

雪女重重嘆了一口氣。

一開始，她只是相中約翰的力量而籠絡他。然而，他擁有的不只是力量，還有同等的智慧，以及能自在運用這些長處的膽識。

我的偽鈔作戰得到了雪女的肯定，接下來，就是靜待偽鈔完成。

我只要負責排除敵方的情報員，避免偽鈔的來源被查到即可。

嗯……

趁著四越商會和大商會聯盟互相廝殺的時候，在背地裡活躍的神祕男子——他背叛了所屬的組織，獨自執行任務。

偽鈔開始在市面上流通，大商會聯盟也因此瓦解。結束這一切任務後，男子真正的目的——竟然是為了拯救過去隸屬的組織。

「……這絕對是超菁英探員。」

簡直帥氣到不行。

為了拯救組織，我化身為背叛組織的超菁英探員。

要是被阿爾法等人發現，就會前功盡棄，所以我不能使用史萊姆劍。換句話說，我現在不再需要執著於刀劍這種武器上。看來這次能體驗到新鮮的戰鬥方式。

一邊思考這些，一邊走在深夜的王都街道上時，我看到遠方出現了一對熟悉的犬耳。

「戴爾塔……？」

我這麼輕喃的瞬間，那對犬耳抽動了一下。

那名獸人轉過頭來。果然是戴爾塔。

「……老大。」

她的唇瓣這麼訴說。

下個瞬間，她用雙手雙腳狂奔到我跟前。

不愧是戴爾塔，快得沒話說。一般人恐怕無法以肉眼跟上她的動作吧。

「老──！」

「我現在不是老大。」

「啊嗚……席德！戴爾塔好想你的說！」

戴爾塔用力搖著尾巴這麼說。

不過，她的滿面笑容在下個瞬間凍結。

「席德……你身上有狐狸的臭味……」

戴爾塔的嗅覺也敏銳得沒話說。

「啊～因為我剛才去狩獵狐狸。」

「戴爾塔也想狩獵狐狸！」

戴爾塔的表情瞬間變得燦爛起來。

「很遺憾，我已經狩獵完了。」

「啊嗚……那下次再去狩獵狐狸吧。」

「嗯，下次再說吧。啊，別在我身上做記號啦。」

我用手推開企圖以身體磨蹭我的戴爾塔。

「可是，你身上的狐狸味好臭喔，席德。」

「沒關係啦。」

「不要。」

以蠻力推開硬是想擠過來的戴爾塔後，我換了個話題。

「戴爾塔，妳怎麼會在王都？」

「啊嗚……席德的力氣果然好大的說。」

「戴爾塔，妳怎麼會在王都？」

「嗯？怎麼會？」

「戴爾塔，妳怎麼會在王都？」

「戴爾塔……呃，戴爾塔今天早起，吃了很多肉，然後久違地來到王都的說。」

「戴爾塔，妳怎麼會在王都？」

「呃……戴爾塔之前在狩獵的說！」

「在王都狩獵？」

「在王都外面，好好玩！戴爾塔獵了好多好多獵物！席德也要一起狩獵嗎？」

「妳為什麼要狩獵？」

「席德也一起狩獵嘛！」

「妳為什麼要狩獵？」

「是阿爾法大人要戴爾塔這麼做的說！席德也一起狩獵嘛！」

「是嗎，是阿爾法指示的啊。」

「嗯，席德也一起狩獵嘛！」

「妳的狩獵對象是？」

「盜賊！席德也一起狩獵嘛！」

「狩獵盜賊啊～」

「席德也喜歡狩獵盜賊！」

「嗯，我也喜歡狩獵盜賊。」

「一起狩獵吧！」

「說得也是。我暫時有點閒，就跟妳一起狩獵好了。」

「太棒了！」

說著，戴爾塔拉著我的手往前走。

「等等、等等，我沒辦法現在馬上去！我得回宿舍一趟才行。」

「不要！」

「妳也有待辦事項，才會來到王都吧？」

「待辦事項？」

「阿爾法有沒有找妳？」

「阿、阿爾法大人！」

「妳忘了這件事？」

「阿爾法大人有在找戴爾塔的說！戴爾塔會挨罵嗎？」

「這很難說呢。妳還是趕快過去比較好。」

「可是，狩獵盜賊……」

戴爾塔一臉沮喪地望向我。

「我暫時都有空，等到明天再去吧。妳先去解決自己的待辦事項。」

「知道了！席德，你要等戴爾塔喔！」

「我會在宿舍等妳。妳過來的時候要安靜點喔。」

「戴爾塔會安靜過去！」

語畢，戴爾塔手腳並用地衝刺，以驚人的速度消失在王都街道上。

被看到的話，絕對很引人注目。不過，算了，反正她的速度快得一般人也看不到。

我莫名想起前世飼養的那頭黃金獵犬，不禁悄悄嘆了一口氣。

深夜的森林裡。

我跟在戴爾塔的身後衝刺。

原本很擔心她是否真的能安安靜靜地造訪我的宿舍房間，但戴爾塔確實做到了。

不過，我對她的能力完全不擔心就是了。戴爾塔很擅長狩獵。所以，她消除自身氣息的技巧也真的很高明。或許說是「七影」之中最優秀的也不為過。

此外，她偵測獵物的能力也相當頂尖。說真的，我甚至覺得自己的嗅覺跟聽力比不上她。就算以改造肉體、使用魔力強化的方式來彌補這部分的不足，還是比不上不同種族天生的資質。

名為戴爾塔的這個存在，除了腦袋以外，其他部分都是超高性能。

所以，我像這樣讓她跑在前面，負責偵測盜賊的工作。

真要說的話，狩獵盜賊時，把他們找出來的最初階段最辛苦也最花時間。關於這方面的問題，讓戴爾塔跑在前方的話，我只要從後方跟上，她就會帶領我前往盜賊的所在處，讓事情變得非常輕鬆。

跑在前方的戴爾塔耳朵抽動了幾下，尾巴也用力揮動。

這是盜賊就在附近的證據。

原本以雙腳奔跑的戴爾塔，現在為了提高速度而手腳並用地奔跑。她以驚人的速度在森林裡衝刺，直接衝向遠處那個透出光亮的地方。

接著，慘叫聲傳來。

慢了半拍抵達現場的我，發現已有好幾名盜賊遭砍殺喪命，砍斷的四肢散落在營火四周。

唉唉，果然變成這樣了嗎？

跟戴爾塔一起狩獵盜賊，除了好處以外，當然也會有壞處。

戴爾塔無法在看到獵物後「等一下」。

她所謂的盜賊狩獵，其實只是單方面的屠殺，沒有半點樂趣可言。

要是沒有這個缺點，她就會是最棒的狩獵伙伴了呢。

順帶一提，說得仔細一點，戴爾塔並非是無法「等一下」。倘若我開口要求，她應該就會乖乖等待。

然而，對戴爾塔來說，看到獵物後還得等一下，會造成極大的壓力。

在我面前的時候，她可能還會裝乖，但要是我離開了，她就會試圖發洩這股壓力，然後必定會因此惹出什麼問題。

騎在伽瑪身上霸凌她、把小屋後方的林木全數砍倒，弄出一片光禿禿的空地，或是把田裡的蔬菜吃個精光等等……

戴爾塔還小的時候，大概會以這種程度的行為來發洩，但我不知道長大以後的她會改用什麼方式來抒解壓力，也不想試探她。

不知不覺中，盜賊幾乎都被她狩獵完了。

我根本沒有上場的機會。

倖存的某個盜賊開始求饒。

「等、等一下！」

這是很常見的光景。不過，對戴爾塔求饒是沒有用的。

臉上浮現宛如肉食性動物的獰笑的她，憑著一股蠻力揮下漆黑刀刃。

這是完全無法讓人感受到技巧的暴力一擊。然而，除了俐落的速度以外，這記攻擊還兼具彈性和逐漸增強的勁道。

這就是天資吧。

她的刀揮向盜賊的頸子，但在劃開表皮後停了下來。

「嗯？」

戴爾塔停手了……？

這是不可能發生的事。

戴爾塔抽動鼻子，聞了聞盜賊身上的氣味。

「果、果然是妳，薩菈！是我、是我啦。」

盜賊一直可疑地嚷嚷著「是我是我」，然後取下遮掩面容的布塊。

從布塊下方坦露出來的，是一張剽悍的男性臉孔。值得注意的，就是頭上那對形狀和顏色都跟戴爾塔相同的犬耳了吧。

「薩菈？妳是薩菈吧？是我、是我啦，我是妳的哥哥啊。」

又抽動鼻子聞了幾下後，戴爾塔歪頭望向我。

這是在徵求許可的動作。

我點點頭，允諾她自由行動。

「你身上有老爸的味道……但是戴爾塔不記得你。」

戴爾塔取下面具，讓對方看到她的臉和尾巴。

「錯不了，妳是薩菈。我聽說妳因為變成〈惡魔附體者〉，所以被老爸追殺呢……真虧妳能逃過老爸的制裁啊。」

「因為戴爾塔最擅長捉迷藏。」

「戴爾塔？這是妳現在的名字啊。嗳，放過我吧。我可是妳哥哥啊。」

男子對戴爾塔投以討好的視線。

戴爾塔的尾巴像是要威嚇對方那樣緩慢地搖晃。啊，這是不開心的狀態。

「戴爾塔不需要弱小的哥哥。」

「等……等等等等等！妳從以前就很強，我也早就承認自己打不過妳了！可惜妳是女人，不然老爸似乎打算任命妳為下一任族長呢！妳〈惡魔附體者〉的症狀也治好了吧？我會拜託老爸讓妳返回部族，怎麼樣？」

「想回去的話，戴爾塔會自己回去。」

「說……說說說、說得也是！妳就是這樣的孩子嘛！既然這樣，我介紹一個跟妳很相配的主子給妳吧！聽了可別嚇到喔，我現在在那個傳說中的『大狼』月丹大人的麾下效命呢！」

戴爾塔尾巴擺動的節奏變了。這是不開心到極點的狀態。

「月丹……妳認識他嗎？」

我決定姑且問一下。

「不認識。」

戴爾塔以嚴肅的表情搖搖頭。我想也是。

「不會吧？他可是連老爸都打不過的傳說中的『大狼』耶！是狼族最強的戰士！如、如果是妳，或許能被他納妾——」

「聽不懂。吵死了。弱小的傢伙別吠個不停。」

語畢，戴爾塔便將還在說話的男子腦袋一刀砍下。他的頭顱飛了出去。

「咦咦……他不是妳的哥哥嗎？」

原本超級不悅地俯瞰男子頭顱的戴爾塔，現在轉過頭來朝我微笑，尾巴也開心搖個不停。

「弱小的成員是一族之恥的說。能解決他真是太好了。」

「啊……是喔。」

我也只能這樣回應。畢竟獸人在這方面的思維跟人類完全不同。

獸人的種族十分繁多，不過，其中有八成都秉持著「力量就是一切」。擁有強大力量的個體最偉大，其次則是擅長狩獵的個體……大概就是這樣的感覺。而戴爾塔又是超級典型的老派獸人。老派到讓我忍不住思考「現在這種時代，還有這麼像獸人的獸人存在？」的程度。

不過，就算不如戴爾塔那麼極端，「力量至上」仍是獸人之間最普遍的觀念。真要說的話，獸人基本能力高到有如開外掛。他們的體能強大、感官敏銳、富有運動細胞、魔力很高、壽命很長，甚至連繁殖力也很強。若非腦子有些缺陷，這個種族想必早已掌握世界的霸權了吧。

不過，因為這種力量至上的思維，獸人的人口一旦增加，就會因為部族之間的鬥爭而讓人口再次減少。就算偶爾出現能夠統一獸人各部族的偉大英雄，也會因為跟人類或精靈找碴，結果最後被打得逃回族裡。不，其實每次剛開打的時候，獸人都會壓倒性占上風呢。然而，因為把補給線拉得太長，糧食無法送至最前線，飢餓不已的他們只好撤退。每次都會上演相同的情形。不過，獸人之中也存在著比較有智慧的種族。無論是好是壞，獸人的種族形形色色。妖狐族似乎就是以聰慧的腦袋聞名，像雪女那樣。

既然也有這麼聰明的種族存在，怎麼不聽聽他們的意見呢——不，其實每次剛開打的時候，獸人都會聽比較聰穎的種族的意見。然而，一旦補給線拉得太長，聰穎的種族便會要求其他獸人自重。而秉持力量至上主義的後者，只會斥責前者是懦夫，然後繼續展開突擊。

「力量至上」這樣的觀念，已經成了獸人的一種本能。

畢竟現在已經是法治國家了，所以，獸人似乎也在努力轉型，投身於某些產業。至於轉型一直進行得不順利的原因，就是因為到頭來，他們的腦袋裡依舊只有「力量至上」。

「他是妳為數不多的手足吧？至少要記得人家啊。」

「呃，戴爾塔的老爸有二十個左右的小妾的說。哥哥則是有一百個以上喔！」

「啊，那少一個倒也無所謂了。」

不愧是獸人，規模完全不一樣。不過，這種力量至上的國家，讓我產生了一點興趣。

「希望將來有機會去獸人的國家看看呢～」

聽到我這句話，戴爾塔的耳朵抽動了一下。

「戴爾塔想到一個好主意！老大來當族長就行了！」

「嗯？」

「老大打敗族長的話，就可以當部族的新族長！」

「咦咦……」

「然後生很多子孫，成為最強大的部族！」

「不，並不會出現這種發展喔。」

「會！戴爾塔會準備一百個女人！生很多很多，變成全世界最強！走吧！老大會變成超級大英雄，然後統治世界！」

「不可能、不可能。回去吧，我們回王都了。」

「不要！」

「不准不要。」

「嗚嗚～！」

我拖拉著戴爾塔返回王都。好累啊。

五章

在四越商會跟大商會聯盟競爭的時候製作偽鈔吧！

這個豪華的房間裡有兩名男子。

一個是胖得活像隻牛蛙的商人，另一個則是盲眼獸人。

「你說『四葉組』——被殺了？」

盲眼獸人以低沉的嗓音問道。

身為狼族一員的他，有著一身漆黑到發亮的毛皮以及剽悍的面容。失明的兩隻眼睛上有著深深的刀疤。

「死亡的是『四葉組』末座的成員，是受到月丹大人諸多關照的獸人之一。他是在執行『假扮成盜賊前往攻擊四越商會的馬車』的任務時遇襲。」

宛如牛蛙那般臃腫的商人，一邊窺探被喚作月丹的獸人的臉色，一邊向他報告。

所謂的「四葉組」，是月丹從卡達商會的私人部隊中提拔出來的四名高手組成的小隊。

「他死了嗎……是誰下的手，卡達？」

「目前凶手不明。從屍體看來，他是被人一刀斷頭。對方想必實力高強。照情況來推測的話，恐怕是四越商會僱用的魔劍士下的手……」

宛如牛蛙那般臃腫的商人，正是卡達商會的會長卡達本人。

商會會長卡達，以及受僱用的獸人月丹。然而，他們和彼此說話的態度彷彿立場對調。

月丹的輕喃宛如野狼低吼聲那樣低沉。

「四越商會……還真難纏啊。」

為了擊潰四越商會，表面上的作戰應該進行得很順利才是。

以私人部隊假扮成盜賊進行干擾後，商人們變得比較少跟四越商會進貨，也不再使用四越商會的紙鈔，改用大商會聯盟的紙鈔。

一如他們的計畫，大商會聯盟的紙鈔開始普及。

然而，四越商會卻絲毫沒有受到影響。

除了一般商人的馬車，卡達商會也派人去襲擊四越商會的貨運馬車，但他們的馬車似乎都有一流的保鏢護駕。

襲擊部隊沒有半名生還者。

四越商會在都市裡的店鋪仍照常營運，受到影響的，只有必須將貨物運送至偏僻城鎮、以一般民眾為客戶的商業活動。

都市和偏鄉的經濟規模，有著相當大的落差。

貴族和富裕階層都集中在都市，除了日用品以外，也會大肆採買供作玩樂用途的奢侈品。

而居住於偏鄉的平民多半以務農為生。

他們基本上過著自給自足的生活，食物不夠的話，就自己栽種、培育，只會把錢花在真正需要的東西上。除了商人每個月一次的造訪日以外，他們幾乎不會花錢。

四越商會以低廉的價格，將高品質的商品運往偏鄉，試圖改變這些農民的消費習慣，但目前也仍在實驗途中。

從現狀來看，就算偏鄉地區的業績停滯，也不會對四越商會帶來太大的影響。

他們在都心就是築起了如此強固的基礎。

「嘖……」

月丹咂了嘴，佯裝出煩躁的態度。

大商會聯盟的商人們太小看四越商會了。他們以為能輕易讓四越商會垮臺。

不過，繼續這樣下去無法讓四越商會瓦解。

同時，這場仗打得愈久，大商會聯盟只會消耗愈多。

身為主導卡達商會的人物，月丹多少得表現出焦急的反應才行。

「出動剩下的『四葉組』全員，讓他們去攻擊四越商會。」

「是！」

「把他們的資金和產品生產技術都搶過來。不准失敗。」

卡達默默朝月丹一鞠躬之後，便飛也似的逃離這個房間。

月丹望向卡達離去的背影，彷彿盲目的雙眼仍看得見似的。

「這樣就行了……」

獨自被留在房裡的月丹，露出尖牙這麼嗤笑道。

他的任務是讓四越商會瓦解。為此，他才會拿下卡達商會的掌控權。

不過，月丹並不像大商會聯盟的人那樣輕視四越商會。
因為決定要排除四越商會的正是「教團」。
四越商會的成長，迅速到連「教團」都始料未及。高層判斷若是繼續放任其茁壯，四越商會恐怕會成為擋在「教團」前方的障礙。
目前，「教團」已經因為「闇影庭園」的妨礙而元氣大傷。
在這種時期，若是又有新的障礙誕生，必會影響到「教團」日後的活動。
「咯咯咯……」
四越商會是足以讓「教團」產生危機意識的組織。
其實，打從一開始，月丹便認為就算大商會聯盟同心協力，也沒辦法贏過四越商會。
對他來說，大商會聯盟不過是顆棄子。犧牲大商會聯盟的話，就能夠輕易搞垮四越商會。
正因為擁有絕對的自信，他才會毛遂自薦參加這次的任務。
「我好不容易爬上這裡……」
月丹已經來到可以一望圓桌騎士寶座的地方。
只差一點了……
「——！」
他眼睛的舊傷突然發疼。
月丹以一隻手按著傷疤，表情跟著扭曲起來。
這是在很久很久以前受的傷。早已癒合的傷口，讓月丹想起過去犯下的錯誤。

「……！」

月丹輕喃了幾個字。

那是他人生第一個汙點。

他狠狠咬牙。

這晚下著雨。月亮被烏雲掩住，雨聲不斷從外頭傳進室內。

在四越商會的某個房間裡，兩名精靈坐在沙發上。

「阿爾法大人，藉由指派保鏢護送馬車，確實擋下了大商會聯盟的襲擊。相反的，大商會聯盟因為派出的刺客全數被殲滅，戰力正在持續減退。」

這名有著藍色長髮、靛藍色雙眸的精靈——伽瑪一邊審視資料，一邊這麼進行報告。

「看樣子是沒問題了。」

喚作阿爾法的精靈輕聲回應。在暖爐火光照耀下，她的一頭金髮閃耀動人。

「市占率仍是我們占優勢。光是做好迎擊準備，應該就足以讓大商會聯盟垮臺了。」

「真是求之不得。因為我希望避免四越商會跟『闇影庭園』之間的關聯曝光，所以不想太高調地行動呢……」

這時，外頭有人輕敲房門。

「進來。」

「失禮了。」

走進房裡的，是有著深褐色長髮的少女紐。

「抱歉打擾兩位，入侵者現身了。」

「……主動找上門了呀。」

「請交給我處理吧。」

伽瑪帶著自信滿滿的表情從沙發上起身。

「咦，是無所謂啦……妳要應戰？」

「是的。就讓對方開開眼界吧。走了，紐。」

「是！」

兩人向阿爾法一鞠躬後，便步出了房間。阿爾法有些不安地目送她們的背影離去。

「有紐跟著的話，應該沒問題吧……」

阿爾法試著這麼說服自己，然後點點頭。

一名身穿黑色裝束的男子在昏暗的走廊上奔跑。外頭的雨聲徹底蓋過他輕巧的腳步聲。

動作敏捷俐落的他，是「四葉組」這支小隊的領導人，亦即被稱作「一葉」的優秀魔劍士。

這晚，他和「二葉」、「三葉」一同入侵了四越商會。他們三人各自負責不同的工作。身為「一葉」的他，負責獨自回收機密文件的任務。「二葉」負責和多名部下一同進行破壞作業，「三葉」則是負責搶奪物資、綁架重要人物。

來到商會深處的「一葉」，發現有個人影從正對面朝自己走來，於是停下腳步。

從昏暗走廊上朝這裡走近的，是一名藍色長髮的美麗精靈。她是四越商會的會長。

綁架是「三葉」負責的工作——不過，無妨。「一葉」選擇讓這名女子暈過去，再將她帶走。

他極為迅速。

「一葉」在黑暗中無聲無息地靠近目標身後，以手刀劈向她的後頸。

「好痛！」

「咦？」

女子惡狠狠地轉頭瞪他。

「一葉」連忙和她拉開距離。他這記手刀完全攻其不備，女子應該要昏過去才對。

「很痛耶。竟然能成功偷襲我，你挺有兩下子的嘛。」

女子揉了揉自己的後頸，露出自信的微笑。嘴上說很痛，但她看起來毫髮無傷。

「難得有貴賓大駕光臨，我就盡最大的能耐來迎接您吧。我是伽瑪，也就是即將取你性命之人！」

說著，漆黑刀刃出現在伽瑪手中。

她強化自己的身體，一口氣跟「一葉」拉近距離。
好快！
她有著純粹的迅速。
不過，只憑伽瑪一瞬間的動作，「一葉」就看穿了她。
這個女人——是只有速度很快的超級外行人！
伽瑪的每個動作都過於慌亂。
「咻！」
她呼出一口氣，而後揮刀。
因為用力過頭，這記攻擊充滿無謂的動作。
儘管如此，卻又莫名迅速，最重要的是——這股不合理的魔力是怎樣！
不管速度多快，倘若攻擊動作這麼大，想回以反擊並非難事。然而，伽瑪這一刀卻注入了足以輕鬆打飛數十名魔劍士的魔力。
碰到的話就會喪命。
「一葉」過度誇張地閃開了伽瑪這一刀。
「能閃過我這一刀，你不簡單呢。看你這般行雲流水的動作，想必是源自於西國的劍術『里西壇拉瓦流派』吧？」
「什——！」
被看穿了？

光是瞥一眼，便能夠洞悉一切的驚人觀察力。
原來她不是普通的超級外行人嗎？
抑或是純粹的偶然？「一葉」不知該從何判斷起。
「知道敵方的流派的話，想應付就簡單多了。我要上嘍。」
「唔！」
「一葉」提高警戒。
「咻！」
伽瑪的刀伴隨著這一聲襲來。
她以極為驚人的速度逼近。
不過，因為過於慌亂，很容易被看清。
下一刻，伽瑪使出了蘊藏著強大威力的一擊。
「什麼！」
要用一句話來形容這一擊的話——就是完全沒有成長！
明明說自己已經看穿了對方的流派，攻擊方式卻完全沒改變！
「一葉」以已經深入骨髓的反射動作，抽刀劈砍伽瑪的頸子。
然而——
「好痛！」
「咦？」

伽瑪毫髮無傷。

他明明應該砍斷她的頸子了，但……為什麼？

這個女人的肉體到底是怎麼回事？

「妳這傢伙究竟……」

「一葉」的嗓音開始動搖。

「竟然能砍到我嗎……看來你是高手級的劍士呢。好吧，那我也使出全力來對付你。」

語畢，伽瑪再次為刀身注入龐大到過頭的魔力。

然後——

「咻咻咻咻咻！」

施展出連續攻擊。

這記攻擊速度驚人，但動作幅度超大！

「一葉」跟伽瑪拉開距離，迴避她的連續攻擊。

「咻咻咻咻咻！」

伽瑪仍以慌亂又迅速的動作追殺過來。

「妳、妳這巨大到誇張的魔力是怎麼回事？那個吆喝聲又是怎樣？」

「是偉大的吾主的教誨！為武器注入大量魔力之後瘋狂亂砍！然後，在劈砍的同時喊出『咻！』的話，看起來就會比較強！咻咻咻咻咻！」

「糟、糟糕！」

伽瑪施加的壓力讓「一葉」自己絆到了腳。

致命的破綻瞬間浮現。

「受死吧！」

死定了！

兩人的思考在瞬間一致。

然而，現實卻沒有跟他們的想法同步。

「呸嘎！」

伽瑪在一片平坦的地方絆倒了。因為止不住攻擊的力道，她整個人像鑽頭那樣旋轉著撞上牆面。

磅！

一陣巨響跟著傳來。

「嗚嗚……真有一手。」

看著毫髮無傷的伽瑪從瓦礫堆中起身，用手拍掉身上塵土的模樣，「一葉」不禁感到戰慄。

這……這傢伙到底是怎麼搞的？

「因為我的揮刀動作很大，你看準一瞬間的破綻，先是使出一記掃腳，再以合氣道的體技將我扔向牆壁──我說對了嗎？」

「不、不對，是妳自己跌倒而已……」

「這種膚淺的挑釁，我可不會上當喔。」

行、行不通，他沒辦法應付這個女人。

四越商會的會長，竟然是這種莫名其妙的女人嗎！

不過，「二葉」跟「三葉」的任務應該差不多結束了。如果三打一的話，就能讓這個莫名其妙的女人無計可施——這麼想的時候，「一葉」的背後傳來一道腳步聲。

來了！

「你、你們來得正好，『二葉』、『三葉』……什麼！」

然而出現在他眼前的，既不是「二葉」，也不是「三葉」。

在那裡的是掛著淺淺笑容的少女。

這名深褐色頭髮的少女，喀喀喀地踩著腳步走來。她的手上抱著兩團東西。

「你所說的『二葉』跟『三葉』——莫非是這兩個？」

少女將手上的兩個物體扔在地上。

滾到「一葉」腳邊才停下來的，是還殘留著些許體溫的頭顱。

「什……『二葉』、『三葉』……」

這明顯是「二葉」和「三葉」的頭顱。

可是，解決掉這兩人的少女，乍看之下，就只是個四越商會的員工而已。

此刻，四越商會讓「一葉」感受到某種深不可測的神祕。

「哎呀，紐，妳動作很快嘛。」

「會、會嗎……」

「不過，小心嘍。這個男人恐怕是世上數一數二的高手……」
「咦……真的嗎……？」
喚作紐的這名少女，以九成懷疑的眼光望向「一葉」。
那雙眼睛，彷彿正在以「你真的很強嗎？啊啊？」的凶惡態度恫嚇他。
面對這名高深莫測的少女，「一葉」感到恐懼。他瞬間察覺到自己打不過這名深褐色頭髮的少女，於是搖了搖頭。
「……他本人否定了呢。」
「不要被騙了。他可是『里西壇拉瓦流派』的高手，同時還是將合氣道練到極限的男人喲。」
「聽起來很厲害呢。請讓我拜見一下吧……」
紐抽刀出鞘。
糟、糟了！
「一葉」出自反射地朝伽瑪展開攻擊。前門拒虎，後門進狼。比起後門那隻危險的狼，前門這隻莫名其妙的老虎還好一些。
「來一決勝負吧！咻！」
伽瑪揮刀。
不過，「一葉」已經完全看穿她的動作。
他在伽瑪的攻擊範圍外停下腳步，打算伺機反擊。

本應如此才對。

「呸嘎！」

要是伽瑪沒有跌倒的話。

「咦？」

不幸的是，伽瑪跌倒時，不慎放開手中的劍，劍高速旋轉地飛了出去，結果剛好將「一葉」劈成兩半。

那把劍繼續咻咻咻地往前飛，「一葉」癱倒在地。

「嗚嗚……糟糕……」

伽瑪抬起頭來確認戰況，結果跟表情有些尷尬的紐四目相接。

「這……這就是我的奧義『捨身大車輪』……！」

這是伽瑪所能做的唯一的抵抗。

「不……不愧是伽瑪大人！」

同時，她也有一名優秀的部下。

聽著響亮的掌聲，「一葉」的意識徹底墜入黑暗。

「你說『四葉組』……沒有回來？」

聽到這樣的報告，月丹以手抱胸沉思。

被指派前往襲擊四越商會的「四葉組」無人返回本部。

這代表了這次的襲擊任務失敗。

「一葉」、「二葉」跟「三葉」全都是身手矯健的魔劍士。

對「教團」的高層而言，他們的實力或許仍嫌不足，但以一般標準來看的話，這幾人理應可以被稱作個中高手才是。

但這樣的他們沒有生還。

而且，根據卡達的說法，跟他們同時出動的私人部隊，也沒有半個人活著回來。沒有半個人。

就連總是待在部隊末尾、負責在任務失敗時通報的聯絡員，都沒有返回本部。

「『四葉組』失敗了……四越商會的保鏢竟然如此強大嗎？」

「月丹大人，那個……因為沒能看到理想的成果，大商會聯盟那邊開始出現不滿的聲音了。」

「想辦法讓他們閉嘴。」

「遵……遵命……」

月丹以那雙失去光芒的眸子，看著卡達在一鞠躬後離開房間。

「一個區區的商會，怎麼會擁有足以讓『四葉組』全滅的戰力……不，正是因為如此，才會讓『教團』產生危機意識嗎……？」

他按住再次開始發疼的眼部舊傷。

「計畫進行得很順利。他們已經陷入我們設下的圈套裡了。」

月丹像是在說給自己聽那樣輕喃。

秋天告終，季節開始進入冬季。

我在學園裡一邊眺望路人角色們的日常生活，一邊靜待偽鈔完成。

在一無所知的他們過著無趣的每一天時，我則是躲在暗處試圖瓦解大商會聯盟。

只要成功，就能把偽鈔拿去換錢，入手大量的零用錢。

啊啊，我甚至覺得這段無趣的日常生活開始閃閃發光。

任何人都無法想像，跟尤洛、賈卡組成路人三人組的我，竟然實力會如此高強吧。

享受路人生活的同時，我也不時會低喃一些聽起來意味深長的話，藉此給他們提示。

「風的聲音有些嘈雜……巨變即將到來……」

無人能夠理解這句話的意義。

不過，這樣就夠了。某天，當眾人知曉了一切之後，在他們之中，或許有少數幾個人能夠想起來吧。

想起——我的這句話。

「跟我過來一下。」

「好痛！」

在我沉浸於意味深長的模式裡的時候，銀髮紅眼的亞蕾克西雅揪住我的衣領，硬是將我拖走。

「找我這個大忙人有什麼事嗎？」

覺得反抗也很麻煩的我，維持著被她拖行的狀態開口問道。

「我想讓閒來無事的你看一下。」

「看什麼？」

「我的劍技。」

於是，我們來到一個沒什麼人的道場。

這是位於學園一角的個人練習用小型道場。

我坐在地板上，看著亞蕾克西雅舉起練習用的劍。

反正，隨便看看就好了吧——我這麼想，看著亞蕾克西雅揮劍。

然後發現了一件事。

咦，這傢伙原本有這麼強嗎？

這麼說來，我最後一次見識到亞蕾克西雅的劍技，已經是好一陣子以前的事了。我原本就很中意她的劍法。只有劍法而已。她是出現了什麼心境變化嗎？又或者掌握到什麼訣竅？

會突然成長很多的人，多半都是基於這兩種原因。

「我覺得很不錯。」

我對著揮劍的她這麼說。

「是嗎？」

亞蕾克西雅停下動作。

「我想，妳之後應該還會繼續進步。雖然是外行人的意見就是了。」

「是嗎？謝謝。」

「不客氣。」

亞蕾克西雅移開視線，拭去臉上的汗水。

「之前，你曾說過喜歡我的劍法對吧？」

「我有說過嗎？」

「有。所以，我想說至少要讓你見識一下。」

「原來如此。」

「可是，這樣還不夠。我需要更多力量。」

「哦～」

「你應該要問我『為什麼』呀。」

亞蕾克西雅瞪著我。

「我沒能保護好蘿絲學姊。奧里亞納王國現在陷入一片混亂，學姊一定也十分痛苦。所以，我需要力量……」

話說回來，蘿絲學姊最後有順利逃脫嗎？希望她過得好呢。

「在這樣的日常生活背後，世界仍會持續運作。要是停下腳步，馬上就會被拋下。」

沒錯，在這樣的日常生活背後，我持續動作。

「我不想再當個局外人了。以自己的意志採取行動後，我突然覺得時間過得好快……真是不可思議呢。」

「就是這麼一回事吧。」

「你真好呢，這麼悠哉。算了，今天謝謝你。但願你能夠一直過著悠哉的人生。」

亞蕾克西雅嘆著氣這麼說。我離開了道場。

外頭已是日落時分。

冬天的夜晚很冷。快步返回宿舍後，我變裝成約翰．史密斯的模樣，來到一處人煙稀少的地方。

一名生著褐色貓耳的獸人站在那裡。

她叫做奈津，是雪女的心腹。

我隱藏住自身的氣息靠近——

「有什麼事嗎？」

然後突然出現在她的身後。

吃了一驚的奈津連忙轉過頭來，以一雙像是貓眼的眸子望向我。

「約、約翰大人，請不要這樣嚇我啦。」

「敝人沒有要嚇妳的意思……」
平常不經意的一舉一動，都是「影之強者」形象的一部分。
「所以，有什麼事嗎？」
聽到我這麼問，奈津露出「就是在等您這句話」的笑容。
雪女的身邊有著奈津跟香奈這兩名心腹。這兩人是姊妹，但實際上不太像。
奈津是有著褐色貓耳的成熟女性，香奈則是黑色貓耳的少女。
奈津抽動著頭上的一對褐色貓耳開口：
「之前說好的東西完成了。」
「是嗎……」
這一天終於到來啦！

偽鈔印刷廠位於王都和無法治都市之間的某處地底設施。
其實，是我跟雪女推薦了這個地點。過去，姊姊遭到盜賊綁架那時，我們一群人曾經來這裡狩獵盜賊。我想，作為祕密設施，這個地方應該再適合不過了。
我們的作戰計畫，是把這裡製造的偽鈔送往無法治都市，再從那裡流通至王都，藉此讓外人難以掌握偽鈔的出處。

跟當年尚嫌稚嫩的阿爾法等人一起入侵的那個設施，現在，已經成了雪女的部下們勤奮工作的偽鈔印刷廠。

在奈津的引領下，我一邊以眼角餘光眺望作業員們忙碌的身影，一邊朝工廠深處走去。

打開一扇改建過後的美觀大門後，裡頭是一個宛如巨大社長室的空間。

「您來了呀，約翰公子……」

我在雪女對面的沙發上坐下。

「聽說偽鈔完成了？」

「還請您確認一下。」

對我露出妖豔的微笑後，雪女把擱在桌上的一包東西打開。

兩捆鈔票從裡頭現身。

兩者都是面額一萬戒尼的鈔票，看起來大概各有一百張。

「您知道哪一捆才是真鈔嗎？」

雪女的語氣透露出自信。

我將兩捆紙鈔放在手上比較。

糟了，我完全分不出來。

然而，如果是超菁英探員，應該能看出細微的差異才對。

我經過特級強化後的視力，確實發現了細微的不同之處。紙質、墨水、印刷字體的差異。雖然微乎其微，但差異確實存在。

可是，可是啊……我根本不記得原本的紙鈔長什麼樣子。

不過，不要緊。

這種時候，「總會有辦法的吧」這樣的信念十分重要。

我無意義地唰啦唰啦翻著紙鈔，並露出意味深遠的笑容，營造出自己知道答案的氣氛。

「根本不用回答。」

「您這是什麼意思？」

雪女的臉上浮現疑惑。

「將這兩者做比較的話，這邊的紙質稍微粗糙一些。」

我拿起紙質比較差的那捆鈔票。

「墨水暈開的程度也不同。這邊暈開的程度比較嚴重。」

雪女的雙眼瞪大。

「最後，印刷字體也有些參差不齊。這邊的部分。」

雪女忍不住拿起另一疊紙鈔比對。

「確……確實有些參差不齊呢。奴家明明再三確認過了……」

「還需要說出答案嗎？」

我散發出魄力這麼問道。

「不用了。這捆粗製濫造的才是真鈔。」

二選一還選錯嗎——！

「你們製造出來的偽鈔品質太好了。」

「……這需要重做嗎？」

「沒有這個必要。除了敝人以外，想必無人能識破吧。」

「真是敵不過約翰公子呢。奴家打算明天就讓假鈔開始流通。」

「嗯。」

「一旦流通量增加，想必就有人會開始追查偽鈔的來源吧。那些人就有勞您處理了。不過……」

說到這裡，雪女有些為難地頓了頓。

「……怎麼了？」

「希望您能答應奴家的一個請求。」

「哦？」

「若是您遇上一個名為月丹的男人……請您不要殺他，放他一馬。」

「……為何？」

雪女垂下眼簾，思考自己的用字遣詞，然後緩緩道出一段過去。

「那是在奴家還只有一條尾巴時發生的事。那時的奴家，跟母親大人兩個人一起生活。咱們住在妖狐族的一個小小村落裡。」

垂下頭的雪女，臉上浮現緬懷過往的表情。

「在那個跟戰爭無緣的和平村莊，擁有三條尾巴的母親大人以自己的力量狩獵，藉此維持生計。奴家則是負責幫忙處理母親大人抓到的獵物。儘管生活完全算不上富裕，但奴家每天都過得很幸福。不過，這樣的日子並沒有永遠持續下去。在母親大人外出狩獵的那天，咱們的村落……」

至此，雪女抬起頭來，沒再繼續往下說。

「今天就先說到這裡吧。等到咱們的關係更親密後，奴家再告訴您後續。」

她帶著淘氣的笑容這麼說。

「妳不打算繼續說下去──？」

「您要現在就跟奴家變得親密嗎？」

雪女輕笑出聲。

「奴家是說笑的。那個男人奪走了奴家的一切。這次，輪到奴家奪走他的一切了。奪走他的一切之後，奴家就會用這雙手殺了他……」

臉上依舊帶著淘氣笑容的雪女，以跟平常沒兩樣的嗓音這麼表示。

「復仇嗎……無妨。」

「月丹是雙眼有著傷疤的盲眼獸人。」

「知道了。」

我起身背對雪女。

「要怎麼復仇隨便妳。不過，可別被這個目的蒙蔽了雙眼，誤判自己所應前進的道路……」

離去的時候，我這麼輕聲表示。

Not a hero, not an arch enemy,
but the existence intervenes in a story and shows off his power.
I had admired the one like that, what is more,
and hoped to be.
Like a hero everyone wished to be in childhood,
"The Eminence in Shadow" was the one for me.
That's all about it.

The Eminence in Shadow

I can't remember the moment anymore.
Yet, I had desired to become "The Eminence in Shadow"
ever since I could remember.
An anime, manga, or movie? No, whatever's fine.
If I could become a man behind the scene,
I didn't care what type I would be.
Not a hero, not an arch enemy,

六章

讓偽鈔流通吧！

The Eminence in Shadow
Volume Three
Chapter Six

在辦公室裡審視文件的阿爾法，突然皺眉抬起頭來。

下個瞬間——

「阿爾法大人，不得了了！呸嘎！」

伽瑪打開門衝了進來。

跌個狗吃屎的她就這麼臉貼地板地往前滑行，直到頭撞上阿爾法的桌子才停下來。

「怎麼了？看妳這麼慌張。」

「嗚……嗚嗚嗚……不得了了，有……有偽鈔……」

雙眼噙著淚水的伽瑪按著鼻子起身。

「偽鈔……？」

「市面上出現了大商會聯盟的偽鈔！」

阿爾法一瞬間瞪大雙眼。

「……流通量呢？」

「還只有少量。」

「大商會聯盟發現這件事了嗎？」

「不，我想還沒。」
「散布傳聞，讓他們察覺。」
「是。」
「我們負責追查偽鈔的來源吧。這是最優先任務。」
「是。得趁早阻止偽鈔流通才行。」
伽瑪以凝重的表情點頭。
「要是引發信用緊縮的問題，我們恐怕也無法全身而退……難道——」
「您怎麼了嗎？」
伽瑪疑惑地望向沉默不語的阿爾法。
「沒什麼。」
「那就好。那麼，我會動員編號者開始進行調查。」
看著伽瑪在一鞠躬後離去，阿爾法將視線移往窗外。
行道樹的枝枒隨著秋風搖曳，轉紅的葉片翩然起舞。
「難道是刻意這麼做……不，是我想太多了吧。」
這麼輕喃後，阿爾法搖了搖頭。

「你說發現了偽鈔？」
聽到卡達的報告內容，月丹只是純粹感到驚訝。
「關……關於詳細情況，目前仍在調查當中……」
卡達以顫抖的嗓音回答。不過，他想像中的怒斥聲並沒有傳來。
「那個，月丹大人……？」
「……快把源頭找出來。」
「是……是！馬上！」
在被怒罵之前，卡達慌慌張張地逃出房間。
月丹雙手抱胸開始思考。
關於偽鈔被發現一事，他並不驚訝。
打從一開始，那就是「用來被發現」的東西。
只要偽鈔在市面上流通，總有一天會引發信用緊縮的問題，讓大商會聯盟的紙鈔化為廢紙。
這樣一來，人民想必會跟著懷疑起四越銀行的紙鈔。
——信用緊縮是會到處延燒的問題。
跟大商會聯盟一樣，四越銀行是透過信用創造的手段來發行紙鈔。

他們同樣不會有足夠的資金來滿足紙鈔兌現的要求，因此會繼大商會聯盟之後垮臺。

四越商會的紙鈔十分精緻。就算出現偽鈔，也會馬上被識破，所以不至於在市面上流通。既然這樣，就讓大商會聯盟發行粗製濫造、能夠讓他人輕易製造出偽鈔的紙鈔。

這就是月丹的計畫。

然而，偽鈔應該要在更晚的階段被發現才對。

「教團」的資產目前由大商會聯盟負責藏匿。依照原本的計畫，應該是等到資產移往安全的場所後，再讓偽鈔流通才對。

「計畫提前了嗎……？」

倘若這是「教團」的高層做出的判斷，月丹也只能服從。

不過，至少也派人通知一下吧。

「發生什麼事了？」

他必須跟高層確認才行。倘若出了什麼差錯，「教團」將會失去龐大的資產。

月丹輕撫眼部的傷疤，刺痛感再次傳來。

一如計畫，偽鈔慢慢在市面上流通，人民也將其拿去兌現。

處於約翰・史密斯模式的我，現在佇立在鐘塔上方，眺望因空前絕後的興盛景氣而顯得熱鬧非凡的夜晚街景，同時預測潛藏在這樣的景氣背後的組織計畫內容。

「這個感覺……是組織的計畫開始運作了……」

我露出意味深長的微笑。

第一個發現我們「暗中活躍」的人會是誰呢？

一邊思考這個問題，一邊呆滯地眺望美麗夜景時，我發現有一輛馬車悄悄從王都出發。

後頭還有三個黑影偷偷摸摸跟蹤……

「是嗎……最先發現的人果然是……」

我跳下鐘塔，追上那些身影。

光看對方身上的一襲史萊姆戰鬥裝束，就能明白是四越商會的相關者。

「很遺憾──現在還不能讓妳們知道。」

雖說是為了四越商會，但我目前是以叛徒的身分在行動。

她們只要等到一切都結束之後，再知曉真相即可。

六六四號混在王都深沉的夜色之中，一邊追趕前方的馬車，一邊轉頭瞪著後方的六六六號開口。

「六六六號。真的、真的不准自己妄下判斷喔，明白嗎？分隊長是我，妳必須遵從我的指示才可以。」

「我明白。」

「就是因為妳不明白，我才會說這些呀，真是的。妳之前也一個人自作主張衝出去……最後任務成功，所以我就不追究了，但妳究竟在焦急什麼？」

「我……並沒有焦急。」

六六六號垂下頭簡短否定。

「妳每次都這樣，一個人扛起所有煩惱。要是不把妳的想法說出來，別人怎麼會知道呢？」

「六六四號，現在先專注在任務上吧。」

「嗯，是呀，妳說得沒錯。就是因為想專注在任務上，我才會像這樣給獨斷獨行的人忠告。」

六六四號將視線從六六六號身上移開，然後嘆了一口氣。

同時，她聽到後方傳來打呵欠的聲音。

「等等，六六五號，妳打呵欠了對吧？」

六六四號再次轉頭。這次是瞪著六六五號。

「沒有哇～」

「有，絕對有，我都聽到了嘛。妳也專心執行任務啦，真是的。之前不是跟妳們說明過了嗎？這次的任務很重要呢。」

「好～」

聽到六六五號懶洋洋的回應後，六六四號將視線拉回在前方疾駛的馬車上。

她們這次負責執行的，是追查大商會聯盟的偽鈔來源。

「七影」的伽瑪鎖定了幾個可疑的流通管道，而前方這輛奔馳的馬車便是其中之一。

上層表示這個任務極為重要。

正因如此，六六四號才覺得擔心。

六六六號太焦躁了。大家都認可她的戰鬥能力，六六四號也明白，這個分隊是託六六六號的福，才能得到高度評價。

然而，六六六號的獨斷獨行，最近已經來到讓人看不下去的程度。

雖然不知道她為何如此焦急，但再這樣下去，總有一天會招致失敗。

更何況，這個世上也存在著無法挽回的失敗。她們目前正在執行的，便是走錯一步，就可能會喪命的任務……

六六四號暗自祈禱這次的任務能順利結束，然後提高專注力。

然而——她這個心願未能實現。

「下面！」

六六六號突然這麼放聲大喊。

聽到她的聲音所有人立刻高高跳起。

然而，來得及的卻只有六六六號一個人。

「呀啊！」

「嗚！」

六六四號和六六五號因為雙腳被某種東西糾纏住而跌倒。

即時使出防禦技的她們起身後，發現腳上被細細的絲線纏住。

「這是……絲線？」

「是注入魔力的鋼絲嗎～……」

六六五號回答了六六四號的疑問。兩人以史萊姆劍斬斷絲線後，擺出準備應付敵襲的架勢。

在兩人的視線所及之處，六六六號已經舉起劍，瞪視著前方這片黑暗的深處。

她們感覺不到任何氣息。

然而，黑暗之中，出現了一名朝這裡走來的男子。

男子踩在乾硬的土地上，伴隨著清脆的腳步聲現身。

那是將一頭黑髮梳成中分頭、身穿西裝的男子。他的臉上戴著無機質的面具，無法一窺他的真面目。

這名男子空著手。

手無寸鐵。

不過，仔細看的話，就能發現他的周遭充斥著反射月光的絲線。

這些絲線宛如擁有生命般，自在地漂浮在半空中。

「小心，他會使用鋼絲。」

六六四號這麼叮嚀後，三人開始與這名鋼絲男對峙。

戴著無機質面具的男子，以及反射月光而發亮的大量鋼絲。這般光景莫名給人一種夢幻感。

「敝人名為約翰．史密斯。撤退吧——妳們無須知曉這之後的事情。」

男子以無法判讀情感的無機質嗓音這麼開口。

接著，鋼絲在夜空中擴散開來。

沐浴在月光之下的鋼絲閃閃發亮。

六六四號將這微弱的光芒作為判斷基準，躲開朝自己襲來的鋼絲。

單就速度而言，這些鋼絲並不算難對付。問題在於難以用肉眼捕捉、動作無法預測，以及數量過多。

約翰．史密斯的兩隻手共十根指頭。然而，他所操控的鋼絲卻是手指的好幾倍。

鋼絲從四面八方來襲。

無論是來襲的角度或時間點，都相當難纏。

彷彿看穿了六六四號的行動模式，這些鋼絲配置的位置，除了讓她無法順利閃躲以外，還進一步限制她閃躲的方向，藉此誘導六六四號的動作。

結果就是——無法靠近鋼絲男。

比起刀劍，鋼絲的攻擊範圍要來得大更多。若無法順利接近鋼絲男，她們就不能展開攻擊。

然而，儘管戰鬥已經開始，她們卻連一步都無法逼近敵人。

不對，她們甚至離敵人愈來愈遠。

只消數秒，這名男子便徹底支配了這個戰場。

他站在原地一動也不動。

只是以十根手指頭操作鋼絲，便足以讓三名少女慌亂竄逃。

她們簡直就像被他隨心所欲操控的絲線人偶那樣。

「大家後退。」

聽到六六四號的指示，其他兩人隨即退到鋼絲的攻擊範圍之外。

待在約翰．史密斯的攻擊範圍內，只會讓我方持續消耗而已。

然而，她們依舊沒有能攻擊對方的手段。

三人面面相覷之後搖了搖頭。

這名男子——很強。

雖然鋼絲這種不常見的武器，確實令三人困惑，但就算摒除這一點，對方支配戰場的能力也相當優異。

精準地操作好幾十條鋼絲，預測她們的行動，再加以誘導。這是實力一般的人不可能做到的事情。

比自己更強大的人，六六四號看過很多。

除了現在也在場的六六六號以外，被稱作編號者的組織的幹部，以及擁有壓倒性實力的最高幹部「七影」。這些人的實力都遠在她之上。

然而，這個約翰．史密斯，卻比她所知的任何一名強者都要來得異質。

他的強大並不在於魔力、肌力或速度，也不是操作這些特質的技術。

不對，他操作鋼絲的技術確實相當純熟，但這並非他的強大力量的本質。

約翰．史密斯的強大——來自於他對戰場的支配能力。

身為分隊長的六六四號，因為站在必須對另兩人下達指示的立場上，所以能夠明白。必須將整個戰場融納入視野，深入了解戰況，同時預測接下來的發展，才有可能做到。

也就是說，在戰鬥方面，約翰．史密斯的思考能力極為優秀。

「怎麼了？不攻過來嗎？」

約翰．史密斯一動也不動。只是佇立在原地，以面具後方的一雙眼睛傲視前方的三名女子。

滿滿的從容。

那是無論發生什麼事，都認為自己有能力對應的自信。

散布在夜空中的鋼絲，完全阻絕了六六四號一行人的攻擊。

要是輕舉妄動，就會被這些鋼絲纏住。

恐怕得把撤退這個選擇列入考量了。

儘管六六六號會反對，但也只能勸退她。

就在六六四號這麼想的下個瞬間——

「妳們不攻過來的話，就換敝人攻過去吧——」

「咦……！」

約翰．史密斯稍微動了動手指。

同時，六六四號發現了纏繞在自己頸子上的細絲。

怎麼會——什麼時候？

而且，她應該站在攻擊範圍外的位置才對。

「敝人什麼時候說過這些鋼絲全都一樣長了?當然，就連粗細也不盡相同……」

「怎麼會——！」

仔細看的話，可以發現六六四號脖子上的絲線，細到肉眼幾乎看不見。

六六四號剛才所見的絲線，都是約翰．史密斯秀給她們看的東西。

「難道你打從一開始就……」

「沒錯——打從一開始。」

六六四號完全被他玩弄在股掌之間。

絲線開始勒緊她的脖子，她的表情跟著扭曲。

這些絲線被注入了高濃度壓縮的魔力，只要約翰．史密斯稍稍使力，想必就能夠輕易用這些絲線將六六四號斷頭吧。

「要殺的話就趕快殺吧。我……我什麼都不會說的。」

她怒瞪約翰．史密斯這麼說。

六六五號和六六六號也雙雙被困住。六六四號已經做好了面對這種結局的覺悟。

這時，六六六號動了起來。

她衝上前。

比約翰．史密斯拉扯絲線的動作更早一步衝上前。

「哈啊啊啊啊啊啊啊啊！」

很快。她以迅雷不及掩耳的速度——朝約翰．史密斯使出突刺。

「很正確的選擇——」

不過，他從容的態度並沒有因此瓦解。

約翰．史密斯只是輕輕移動了右手的手指。

「不過，誰說敝人布下的鋼絲陷阱只會纏住頸子？」

這時，六六六號突然跌倒。

跌倒之後的她，以不自然的姿勢慢慢浮空，然後被吊起來。

沒錯。她的四肢早已被無數的絲線纏上。

剩下的另兩個人，想當然耳也是同樣的命運。打從一開始，她們就完全被這些絲線纏住了。

在未能發現這一點的當下，雙方勝負已分。

「咕……！殺了我！」

六六四號這麼呻吟。

但約翰．史密斯只是以絲線限制住她的行動，並沒有要取她性命的意思。

「這是忠告。」

他以無機質的嗓音開口。

「別再跟這件事有所牽扯——妳們還無須知曉前方會發生的事情。」

語畢，他粗魯地放開六六四號一行人。

「咳咳、咳咳！」

即使咳個不停，六六六號依舊惡狠狠地瞪著約翰．史密斯。

六六四號隨即撲了上來。

她壓制住六六六號。

「快住手！我們撤退吧。」

「——唔！」

「這不是我們打得贏的對手吧！真的會死喔！」

「我……！」

六六六號不甘心地垂下頭。

「約翰．史密斯……得向伽瑪大人報告才行。」

不解決掉他的話，恐怕就無法查出偽鈔的源頭了吧。

六六四號直直望著約翰．史密斯離去的背影。

「……以上是屬下的報告內容。」

阿爾法和伽瑪一同聽著生還回來的六六四號的報告。

「——就算三個人一起上，也完全拿他沒辦法？」

「是、是的……」

面對阿爾法的視線，六六四號不禁縮起脖子。

加入「闇影庭園」後，她的人生為之一變。

原本視為理所當然的世界徹底崩壞，失去了家人和朋友，取而代之的是了解了世界的真相，同時也獲得了強大的力量。

不曾握過劍的少女，獲得了足以壓倒一般魔劍士的力量。

然而，儘管如此——仍有她絕對贏不了的存在。

統率「七影」的阿爾法便是最好的例子。

看到六六四號怯懦的模樣，站在她旁邊的六六六號朝前方踏出一步。

「不過，約翰・史密斯的力量異常強大，甚至足以跟『七影』的各位匹敵——」

「快、快住口！」

聽到六六六號做出無謂的發言，六六四號連忙伸手掩住她的嘴。

「唔咕咕……所以，請再給我們一次機……唔咕咕……」

「六六六號，妳閉嘴啦！分隊長是我呢！」

看著即使被摀住嘴巴，仍努力嘗試發言的六六六號，以及硬是把她推倒在地上的六六四號，阿爾法和伽瑪不禁嘆氣。

「我沒有要責備妳們的意思。出任務辛苦了，都退下吧。」

「是～」

以慵懶的嗓音回應後，六六五號便拖著還在拉拉扯扯的兩人離開。

「……妳怎麼看？」

阿爾法整個人靠上椅子，這麼詢問一旁的伽瑪。

「約翰．史密斯……感覺是一名實力高強的人物呢。不過，『教團』裡頭並沒有這類人物存在。」

「這樣的話，就是其他組織……足以跟『七影』匹敵的人物啊……」

「他究竟是何方神聖呢？」

雖說是「七影」，但成員實力強弱懸殊。

既有像伽瑪這種不擅長戰鬥的成員，也有像戴爾塔那樣專精於戰鬥的成員。

「讓戴爾塔出動吧。」

「戴爾塔……說得也是，這樣最為理想。」

倘若是單純的戰鬥，很難想像戴爾塔會敗北。

「約翰．史密斯……」

阿爾法瞇起湛藍色的眸子輕喃。

以溫柔的方式擊退四越商會的刺客後，我白天過著一如往常的生活，晚上則是以影之特務的

身分行動。

我跟雪女維持聯繫，一邊協助偽鈔流通，一邊解決掉企圖追查源頭的人。

或許是因為有所警戒吧，四越商會目前沒有動作。

我今天也隱藏真實身分，擔任偽鈔馬車的保鏢。

這時，有一股氣息無聲無息地接近在夜晚街道上奔馳的馬車。

——是刺客。

而且對方幾乎將自己的氣息徹底隱藏起來。

是說……能這麼成功隱藏自身氣息的人，這個世上我只認識一個。

我奔跑了片刻後，一個熟悉的漆黑人影從黑暗中現身。

這名身穿黑色戰鬥裝束的女子，有著一身曲線流暢的肌肉，一舉一動也相當柔軟靈活。

錯不了的——是戴爾塔。

原來如此。因為那三人被打敗，所以改派最強戰力上場嗎？

不過，她遇上的對手可不好應付。驅使鋼絲的約翰·史密斯，最擅長對付只憑蠻力行動的敵人。像戴爾塔這樣的對手，只要用鋼絲捆起來，就可以讓她乖乖退場了……不對，因為她的直覺莫名準確，或許也可能避開我所有的鋼絲？

應該說這種情況極有可能發生。

咦，難道情況是相反的？戴爾塔才是我最不擅長對付的類型？

唉，算了。情況危急的時候，用認真模式來解決就好。

我在戴爾塔面前現身。她應該也已經發現我了吧。

「敝人名為約翰．史密斯。請妳留步——」

「老大，你在做什麼？」

抽動鼻子嗅了幾下之後，戴爾塔這麼開口問道，尾巴也開心地大力搖晃著。

「敝……敝人的名字是約翰．史密斯，不是妳的老——」

「老大！要跟戴爾塔一起狩獵嗎？」

「……現在不要。」

不行，徹底被她識破了。

我都已經洗過澡，還噴了香水才過來耶。看來我還是太小看她的嗅覺了。

我取下面具，露出真面目。

「老大就是約翰．史密斯？」

「嗯，可以這麼說。」

「嗚嗚嗚～～戴爾塔打不過約翰．史密斯。得通知阿爾法大人才行的說！」

「慢著！」

看到戴爾塔準備轉身就跑，我連忙一把揪住她的尾巴。抱歉，被我拔掉幾根毛了。

「呀！不可以抓尾巴！」

「抱歉抱歉，戴爾塔，妳好～好聽我說。現在，我正在執行一個超機密隱密任務。」

「超機密隱密任務？」

「沒錯。所謂的超機密隱密任務，就是不可以被任何人知道、超級機密又超級隱密的任務。」

「好酷！戴爾塔也要！」

「不，這個任務只有我有辦法執行。可是，要是妳跟阿爾法報告約翰・史密斯的事情，超機密隱密任務就會失敗。妳知道為什麼吧？」

「不知道！」

「因為這樣的話，超機密隱密任務就不再隱密了啊。所以，妳不可以把這件事告訴任何人喔。」

「可是，戴爾塔必須執行阿爾法大人的任務的說……」

戴爾塔垂著耳朵望向我。

「不要緊。我指派妳新的任務就好。妳還記得『闇影庭園』的規定吧？」

「不記得！」

「由我指派的任務，必須比任何事都更優先執行。當然，也比阿爾法指派的任務更優先。」

「戴爾塔不會挨罵嗎？」

「不會。」

絕對會挨罵吧──我在心底這麼想。

更何況，戴爾塔現在在執行四越商會相關的任務。把以前隨意決定的「闇影庭園」規矩拿來套用在現在的她身上，完全是搞不清楚狀況。

抱歉，戴爾塔。等一切結束後，我再陪妳一起去跟阿爾法道歉吧。

「這麼做也是為了這個世界……」

「為了這個世界……？」

「沒錯，為了這個世界。」

「為了這個世界！」

「嗯，對不起喔，戴爾塔。等任務結束了，我會再想辦法犒賞妳。」

「老大什麼都願意做嗎？」

戴爾塔的雙眼變得閃閃發亮，尾巴也不停搖晃。

「不是什麼都願意做。我做得到、不太費功夫、又不會花錢——如果是能滿足這些條件的事，我會考慮盡自己所能來獎勵妳。」

「老大願意實現戴爾塔的願望？」

「如果滿足我剛剛說的那些條件的話。」

「萬歲！戴爾塔要執行老大的任務！」

「要指派什麼任務給妳呢……對了，妳從這邊一直往前進的話，會抵達一個叫無法治都市的地方。那裡有一座漆黑高塔，裡面有個叫做加格諾的邪惡盜賊，妳就去狩獵他吧。」

「無法治都市、漆黑高塔、加格諾？去狩獵就好了嗎？」

「沒錯沒錯。」

「知道了！去狩獵的話，老大就會實現願望！」

「如果滿足我剛剛說的那些條件的話。妳不用馬上急著趕過去喔，多花點時間，慢慢來就好。」

「無法治都市！漆黑加格！戴爾塔去狩獵了！」

語畢，戴爾塔便高速衝刺離開。

雖然好像有哪裡怪怪的，不過，算了。

能讓戴爾塔離開王都就算不錯了吧。因為她沒辦法演戲，就算有什麼事情想瞞著別人，也會馬上露出馬腳呢～

光憑剛才那些情報，她想找到加格諾，恐怕得花上一段時間，這樣剛剛好。

因為，我已經決定要等到一切都結束之後，再讓她們得知真相。

「前去追殺約翰・史密斯的戴爾塔失去聯繫了。」

「——！」

聽到伽瑪的報告內容，阿爾法驚訝地望向她，原本握在手中的筆也不自覺地滑落。

「我們在現場發現了這個……」

說著，伽瑪秀出一撮戴爾塔尾巴上的毛。看到恐怕是被硬生生拔下來的這撮毛，阿爾法的胸口湧現一股深沉的悲痛。

伽瑪的眼神看起來很冷靜。然而，一雙眸子的深處，仍有著無法壓抑的激昂情緒在波動。

「是嗎……戴爾塔她……」

發現自己的聲音比想像中來得無力後，阿爾法稍微恢復了冷靜。

她早已做好覺悟了。

犧牲者總有一天會出現。而那一天就是今天。

「我不認為戴爾塔會放棄執行阿爾法大人指派的任務。那傢伙……那個笨蛋……雖然是笨蛋，力量卻很強大，也會忠實遵守阿爾法大人……」

「沒關係，我明白。」

聽到伽瑪勉強擠出不斷顫抖的嗓音，阿爾法出聲安慰她。

因為擁有頂尖戰鬥力，戴爾塔總會被指派較為危險的工作。在「闇影庭園」的成員之中，負責最危險任務的人永遠都是她。倘若有天戴爾塔不再回來，幾乎就代表她已經喪命……

「派人繼續搜索她。至少，也要把她的遺體帶回來……」

「是。」

語畢，阿爾法接過戴爾塔唯一遺物的那撮毛，小心翼翼地用布包起來，然後放入懷裡。

她已經從六六六號口中聽聞過約翰．史密斯的危險性了。她當初不該讓戴爾塔單獨赴任。

「約翰．史密斯……！」

低沉而深邃的嗓音從阿爾法的喉頭湧出。

「偽鈔的流通量持續在增加當中。再這樣下去，總有一天會引發信用緊縮……」

「對方一開始就是以此為目的。」

阿爾法這麼明示。

「……咦？」

「約翰．史密斯並非是打算以偽鈔賺些零用錢玩樂的小人物。他的目的是讓偽鈔在市面上流通，進而引發信用緊縮的問題……這樣想的話，一切都說得通了。」

「什麼……！」

「信用緊縮可是能讓大商會聯盟和四越商會同時垮臺的一帖猛毒。約翰．史密斯趁著兩大商會競爭的時候，悄悄埋下了禍種……只為了奪取一切！」

「難道……他打從一開始，就預料到事情會如此發展了嗎！」

「他想必已經徹底理解信用創造的概念，又注意到大商會聯盟的紙鈔品質粗劣。於是，不放過任何一個渺小機會的他，便擬定了這般完美的計畫。」

「這種事情有人做得到嗎……！」

「——約翰．史密斯做到了。」

阿爾法狠狠咬牙。

待「教團」的聯絡人員離開房內後，月丹以拳頭猛捶桌面。

「這是怎麼回事！偽鈔竟然還沒有開始流通——？」

月丹向高層確認了偽鈔流通的狀況。

然而，高層卻表示目前市面上流通的偽鈔並非出自他們之手。

所以，恐怕是跟「教團」完全無關的第三者發行了大量的偽鈔。

照這樣發展下去，大商會聯盟垮臺的時間點，就會比他計畫中的提前更多，導致「教團」蒙受莫大的損失。

「這怎麼可能！到底是誰搞的鬼！」

儘管偽鈔的流通量與日俱增，但來源卻遲遲無法掌握。

八成是集團犯案吧。

還是腦筋動得很快、坐擁豐厚的資金和人才，而且熟知信用創造這種概念的……

「什……難不成……」

是滿足這一切條件的組織在跟月丹競爭。

「是四越商會嗎！」

一旦發生信用緊縮的問題，大商會聯盟跟四越商會無一能夠倖免。

不過，有個唯一能避免這種結局的方法。

就是備妥足以撐過信用緊縮時期的龐大資金。

四越商會比任何人都早一步理解了大商會聯盟發行粗劣紙鈔的用意。

他們利用這一點製造了偽鈔，並一邊用偽鈔兌現，一邊使其在市面上流通，藉此吸收大量資金。

月丹的整個計畫——

打從一開始，就被徹底看穿並加以利用。

「可……可惡喔喔喔喔喔喔喔喔喔喔喔喔喔喔喔喔喔喔喔喔喔喔喔喔！」

月丹長嘯。

再這樣下去，他真的會人頭落地。

讓大商會聯盟垮臺、導致「教團」蒙受莫大損失，甚至還讓市場被四越商會獨占。

這恐怕並非賠上一條命就能了事。

「事情還沒結束，還來得及……！得設法回收資金……」

依據卡達的報告內容，偽鈔的流通路線，是由一名叫做約翰・史密斯的男子在看守。

只要找出這傢伙，一切就還來得及……！

滿月在冰冷空氣的包圍下，散發出皎潔光芒。

在這個冬季的夜晚，貝塔為了進行定期報告而來到她的主人跟前。

一如往常地結束「闇影庭園」的活動報告後，她準備開始進行四越商會的活動報告。

平常，貝塔基本上只會進行「闇影庭園」的活動報告。畢竟四越商會不過是「闇影庭園」的附屬品，不能讓主人為了商會的事情費心。
然而，四越商會現在陷入了困境。
主人或許也察覺到這樣的氛圍了吧。
原本只會以「嗯」回應的主人，現在感覺不太一樣。
他端正坐姿，從懷裡掏出筆記本，一邊聽貝塔報告，一邊開始做筆記。
而後──
「原來如此，所以？」
「──！」
聽取定期報告的主人，道出了「嗯」以外的回應。
貝塔一瞬間語塞。
「屬、屬下失禮了。目前流通的偽鈔量──」
報告的同時，貝塔感受到來自主人的犀利視線，不禁覺得有些開心。
主人認真起來了。
她的主人平常總是很忙碌，並不會參與貝塔等人的活動。主人總是把自己的力量和時間運用在更偉大的目的上。
能讓這樣的主人認真起來，代表這次的事件就是如此重要。
偽鈔的問題再加上戴爾塔的犧牲，「闇影庭園」現在整體籠罩在沉重的氣氛之中。
不過，要是主人認真起來──一定能夠跨越這個困境。

貝塔感覺胸口湧現一股熱潮。

「基於流通的貨幣總量增加，物價也開始上漲，漲幅是……」

「我有點不明白呢……」

「——！」

主人說他「有點不明白」。

當然，這句話並非字面上的意思。因為她的主人洞悉一切。既然如此，這句發言代表的——便是報告內容的誤謬。主人想要表達的，是他無法理解貝塔為何會犯下這般愚蠢的錯誤。

是漲幅推估錯誤了嗎？還是原本的思考方向根本不對？無論如何，主人在一瞬間看穿了貝塔報告中的誤謬，並予以指摘。

「屬、屬下馬上重新進行調查和分析！」

自己竟然在認真模式的主人面前表現出這般失態，貝塔的臉因不甘和羞恥而漲紅。

「雖然不明白，但就這樣寫吧。」

「是。屬下感到萬分抱歉。」

就這樣，定期報告結束了。

不過，貝塔今天還有其他事要報告。

看著主人闔上筆記本後，她沉重地開口。

「今天，屬下還有另一件事要向您報告。」

「……說吧。」

望著他平靜且帶著幾分睡意的雙眼，貝塔明白了。

他已經察覺到她接下來要說的事情。仔細想想，這也理所當然。主人不知道這件事才奇怪。

儘管如此，貝塔仍必須向他報告才行。

報告重要的伙伴死亡一事……

因為，這是讓伙伴喪命的她們的義務。

「被派遣前往追殺約翰·史密斯的戴爾塔失聯了。從狀況來看，她恐怕已經……」

貝塔的嗓音顫抖起來。對她來說，戴爾塔也是非常重要的伙伴。雖然需要花點心力應付，但感覺像個可愛妹妹的她，總是能讓貝塔的心變得柔軟。

「戴爾塔嗎……」

聽到貝塔的報告後，主人微微歪過頭沉思半晌。

「不，等等，戴爾塔只是去了有些遙遠的地方而已。」

主人這麼回應。

隱藏在這句話背後的溫柔，讓貝塔再也止不住淚水。

「說得……也是呢。屬下明白了。戴爾塔只是去到有些遙遠的地方而已……」

淚水不斷從貝塔的臉頰滑落。

主人有些笨拙的溫柔，讓她十分開心。

「我們推測約翰·史密斯恐怕是一名實力極為高強的人物。可以的話，希望能藉助闇影大人您的力量……」

「抱歉，但我這邊也有事情要辦。」
「不，屬下明白。提出這種強人所難的要求，真的非常抱歉。」
主人或許已經朝別的方向展開行動了吧。
而且，對四越商會和「闇影庭園」而言，那一定都是必要的。
「那麼，屬下今天就此告退……不過，在這之前——」
報告結束後，貝塔理應必須馬上前往執行下一個任務，但在這之前，她有一件事無論如何都想向主人確認。
「那個，闇影大人，提出這種要求真的萬分抱歉，但您的筆記……」
「筆記？」
「是的。您剛才做的筆記……根據規定，機密文件必須隨即進行廢棄處分或是加密處理，所以……」
這樣的規定，主人理所當然也明白。貝塔只是為了保險起見而再次提醒。
主人一瞬間停下動作，然後將筆記本交給貝塔。
「妳看看內容吧。」
「這、這是……！」
看到裡頭的文字，貝塔錯愕不已。
「平假名、片假名、漢字、阿拉伯數字、羅馬拼音——這是我以獨創的五種語言寫成的暗號文字。」

「您、您一個人創造了五種語言？」

「嗯。」

裡頭的文字並非只是胡亂寫成。儘管簡單，卻具備一定的規則性，同時又複雜而缺乏秩序。

想解讀混雜在一起的五種語言，想必相當困難吧。

貝塔不禁對獨自創造出這五種語言的主人投以尊敬的眼光。

「那、那個，若您允許的話，屬下希望能向您請教這些暗號的意義……」

「嗯……對妳來說還太早了。」

「這、這樣呀……」

貝塔失落地垂下雙肩。

「不過，這個嘛……」

主人再次開口，然後在筆記本上草草寫了些什麼，再將那一頁撕下來遞給貝塔。

「這是……？」

「如果妳能理解上頭寫的東西——我就教導妳一切。」

寫在紙張上頭的，是五種文字交織而成的句子。

「非、非常感謝您！」

貝塔小心翼翼地將紙片夾進胸前的鴻溝裡，並隨即將其送往研究室進行分析。

為了揪出約翰・史密斯，大商會聯盟動員了大量人力。

然而，他們不但沒能發現約翰・史密斯的蹤跡，還因為一次出動太多人員，反而引來周遭注目。

雖然偽鈔在市面上流通一事尚未正式曝光，但直覺敏銳的人，可能多少開始察覺到了。

剩餘時間不多了。

垮臺的結局近在眼前。

「停下來！調查這輛馬車。」

深夜，幾名男子攔住了一輛從王都離開的馬車。

他們是卡達商會的私人部隊。每當看到可疑的馬車，便會像這樣攔阻盤查。

當然，這樣的行為並未正式獲得許可，也不具法律上的約束力。不過，一般經商者無法忽視大商會聯盟的力量，所以也只能乖乖配合。

這輛馬車也按照私人部隊的要求停了下來。

私人部隊的成員粗魯地抓住馬車的帷幕。

「……住手吧。」

「什麼？」

不知何處傳來的低沉嗓音，讓這名成員停下動作環顧周遭。

「你會後悔的。」

「哈！閉上你的嘴吧。」

聽到這個忠告，私人部隊的成員只是以鼻子哼笑一聲，便掀開馬車帷幕。

目睹裡頭載運大量金幣的瞬間——他的腦袋被砍飛了。

「什……！」

「我說過了吧？你會後悔的。」

身首異處的私人部隊成員，在噴濺出大量鮮血後倒地。一名身穿西裝、以面具遮掩長相的男子出現在他身後。

「你、你是什麼人！」

周遭的其他成員紛紛拔劍。

「敝人名為約翰·史密斯。乃破壞一切之後，使其重生之人——」

「你、你這傢伙就是約翰·史密斯嗎！不准動，老實扔掉你手上的武器……」

數條細細的絲線在月光下發亮。

然而，現場無人注意到這微弱的亮光。

他們的腦袋在同一時間被砍飛了。

在一無所知、什麼都沒能察覺的情況下，瞬間殞命。

同時噴濺出來的鮮血，化為雨點落在這一帶。載著金幣的馬車再次開始往前。

馬車緩緩加速離開了現場，最後，只剩下無數具屍體和約翰．史密斯留下。

他以宛如彈鋼琴的動作舞動兩手的指頭，操作從指尖延伸出去的無數絲線。

然後對沒有半個人在的空間開口。

「——我知道妳在那裡。」

同時，他所操控的鋼絲劈開了黑暗。

有什麼東西在黑暗中蠢動。

下個瞬間，本應不存在任何人的黑暗之中，出現了一名身穿黑色裝束的女性。雖然同樣以面具遮掩長相，但可以窺見面具之下的一雙湛藍眸子。

她是「闇影庭園」的阿爾法——為了報復而前來的最強刺客。

「初次見面，約翰．史密斯。」

她以宛如銀鈴般動人的嗓音打招呼，然後一鞠躬。一頭金髮在月光下閃耀。

「然後——再見了。」

下個瞬間，漆黑刀刃朝約翰．史密斯襲來。

然而，應該已經撕裂敵人的刀刃，卻沒有傳來任何手感。

「——那是殘像。」

聽到從背後傳來的聲音，阿爾法轉身。

毫髮無傷的約翰．史密斯就站在那裡。

阿爾法以冰冷的視線盯著他，再次舉起手中的刀。

對方可是讓戴爾塔送命的強者。有如此程度的實力也在阿爾法的預料當中。然而，他在這個瞬間展現出來的技術，遠超過阿爾法的想像。

「利用壓縮的魔力進行高速移動……這想必需要細膩的魔力控制技術，以及足以承受強大負荷的強韌魔力回路。這些動作你是在哪裡學的？」

約翰・史密斯沒有回答。

下一刻，他的手指動了起來，無數條銀絲開始在黑暗中舞動。

——是鋼絲。

六六四號的報告內容裡曾出現過。

阿爾法冷靜地觀察鋼絲的動向，尋找混在裡頭的主要攻擊。

然後——

鏗——一個細微的聲響傳來，細絲跟著在半空中被斬斷。

「在混淆判斷的絲線裡摻入真正攻擊的鋼絲……這招我很清楚。」

「哦……」

阿爾法採取行動。

她在轉眼間邁步逼近約翰・史密斯，朝他揮下漆黑刀刃。

瞄準頸部的這一刀，一般來說，理應迅速到無法閃避。

然而，約翰・史密斯卻只是偏過頭，以最低限度的細微動作避開。

「——！」

阿爾法的動作——停了下來。

約翰·史密斯的鋼絲朝雙眼瞪大的她襲來。

「這是……騙人的吧？」

阿爾法一邊判讀鋼絲的動向，一邊以刀身彈開，從對方的連擊中找出破綻加以反擊。

迅速、犀利、完美無瑕的斬擊。

這次，對方應該來不及躲開了。

然而——

「怎麼會……為什麼……」

約翰·史密斯以無懈可擊的動作，成功躲開了阿爾法的這一刀。

他放任刀尖逼近自己，像是輕快滑過皮膚表面那樣，以最小的動作避開。這樣的絕技——

阿爾法隨即和他拉開一大段距離，退至戰鬥範圍之外。

「為什麼……你會在這裡……」

她取下面具，一張美麗的精靈族臉蛋跟著出現。

「你……怎麼會……」

她的眼神看起來已經確信自己的判斷。

「闇影……！」

就這樣被她注視片刻後，約翰·史密斯拿下面具。

「我已經捨棄那個名諱了……」

那張熟悉的臉孔出現在眼前。

「你說捨棄那個名諱是什麼意思？」

「就是字面上的意思。現在的我是約翰．史密斯，並非除此以外的任何人。」

「你為什麼會化身約翰．史密斯……」

阿爾法的嗓音聽起來彷彿渴求著救贖。

「因為這是最妥善的做法。」

「最妥善是什麼意思呀……你只說這些，我怎麼會明白呢？」

「待一切都結束後，妳就會明白了。」

「噯，戴爾塔呢？戴爾塔她怎麼了……？」

「戴爾塔去了遙遠的地方。」

「你這樣說我怎麼會懂呢……！」

阿爾法悲痛的嗓在夜空中迴響，溢出的魔力震懾了空氣。

「我的腦袋不夠好，有些事情你明白，但我無法明白。我很弱小，有些事情你做得到，但我做不到。可是，就算這樣……我也希望能理解你、支撐你。為了過去曾拯救我們的你，如果是我能做到的事情，什麼都想為你做。」

阿爾法的聲音愈變愈小。

「可是，你總是一個人在前方衝刺，我只能眺望你的背影……」

阿爾法緊緊握住手中的刀。

「對你來說，我已經不再必要了嗎……？」

淚珠從她的藍色雙眸溢出。

「我有我應為之事。」

「……！」

高漲的魔力形成漩渦，收束在阿爾法的腳下。

「我……可不會一直都礙手礙腳！」

下一刻——阿爾法的身影消失了。

約翰．史密斯的臉上第一次浮現驚訝的神情。

無論是瘋狂打轉的魔力、漆黑刀刃，或是阿爾法的身影——她方才存在於這裡的痕跡，全都徹底消失了。

只留下一片紅色霧氣。

下個瞬間，阿爾法從紅色霧氣之中現身，從約翰．史密斯的身後朝他揮刀。

她的手中——握著一把紅褐色的刀。

約翰．史密斯轉身，企圖以最小的動作迴避。

沒錯，就像以往那樣。

「——！」

約翰．史密斯的臉頰上出現一道傷口。

紅褐色的刀沒有任何預兆地伸長。

阿爾法的身影再次消失，紅霧在周遭瀰漫開來。
下個瞬間，一道斬擊從紅霧之中朝約翰・史密斯襲來。
約翰・史密斯的西裝被劃破，襯衫染上了一抹血紅。
待約翰・史密斯準備以鋼絲反擊時，阿爾法的身影再次消失在紅霧之中。
剎那間，她再次從約翰・史密斯的身後發動攻擊。
阿爾法從紅霧中現身，以及消失在紅霧之中的速度，都迅速得無比驚人。
無視攻擊範圍的限制，單方面展開攻擊，再無視物理法則，以不合常理的方式迴避敵人的反擊。
消失又出現。
出現再消失。
紅色斬擊四面八方、毫不間斷地襲向約翰・史密斯。
約翰・史密斯的西裝上出現了無數道裂痕。
不過，他也操作鋼絲，以三次元的動作避免自己受到致命傷。
然而，他的鋼絲必須維持一定的距離才能發動攻擊。能無視攻擊範圍的阿爾法，是個相當難應付的對手。
「——！」
他的西裝又多了一道裂痕。
阿爾法似乎能感測到每一條鋼絲的動向。或許紅色霧氣兼具了感官的偵測功能吧。

現在，約翰·史密斯看似無計可施了。

「我已經不是扯後腿的存在了。我可以支撐你，也能理解你……所以，求求你……」

阿爾法的嗓音從紅色霧氣中傳來。

「霧化嗎……雖然很有趣，但霧氣的質量太輕了。」

語畢，約翰·史密斯以手將漆黑刀刃具現化。

並將驚人的龐大魔力灌注其中。

「將霧氣吹散的話，妳就什麼都做不到了。」

他使出一記橫砍。

被釋放出來的魔力和颶風，形成了巨大的龍捲。

「——怎麼會！」

霧氣消散，阿爾法也跟著現身。

「正確的選擇。要是仍維持霧化狀態，可是很危險的。」

她抬頭仰望，發現連上空的雲層都被徹底吹散了。

接著，毫不留情的一擊襲向阿爾法。

「妳變強了呢。」

漆黑刀刃朝她揮去。

「啊……」

過於強烈的這股衝擊，讓阿爾法的意識逐漸模糊。

「——我是用刀背砍。」

他的腳步聲愈來愈遠。

「等到一切都結束後，妳就會明白這是最妥善的做法了……」

在漸漸朦朧的意識中，她拚命伸長手。

「等等……求求你……」

然而，他沒有停下腳步。

一步，又一步——他確實地離她遠去。

「求求你……不要……丟下我……」

她的聲音無法傳達給他。

I can't remember the moment anymore.
Yet, I had desired to become "The Eminence in Shadow"
ever since I could remember.
An anime, manga, or movie? No, whatever's fine.
If I could become a man behind the scene,
I didn't care what type I would be.
Not a hero, not an arch enemy,

Not a hero, not an arch enemy,
but the existence intervenes in a story and shows off his power.
I had admired the one like that, what is more,
and hoped to be.
Like a hero everyone wished to be in childhood,
"The Eminence in Shadow" was the one for me.
That's all about it.

The Eminence in Shadow

終章

用偽鈔破壞一切後再賦予新生之人！

The Eminence in Shadow
Volume Three
Epilogue

The Eminence in Shadow

EPILOGUE

這天終於到來了。

位於地底設施內部的偽鈔工廠，現在已經停止運作，只剩零星的幾名作業員在進行撤收作業。

偽鈔工廠的職責結束了。

「約翰公子，請您進去裡頭看看吧。」

化身約翰．史密斯的我，在雪女的催促下，打開眼前這扇巨大的鐵門。

幾乎堆高到足以觸及天花板的大量金幣呈現在眼前。

「太完美了……」

「所有的偽鈔差不多都已經兌換成現金了。這樣應該足夠了吧？」

這座位於地底設施最深處的巨大金庫，是過去囚禁姊姊的牢房改建而成。

看著這些閃閃發光、數量多到數不清的金幣，我的胸口湧現極為激動的情緒。

這座偽鈔工廠還沒有曝光。

雖然大商會聯盟和四越商會似乎都已經追查到無法治都市來了，但因為有蹺課的我不分日夜看守著，他們遲遲無法更進一步揪出源頭。

我成功截斷了無法治都市和這座地底設施的關連性，讓他們無法追查到這裡來。

「接下來，只要把準備好的真鈔拿去跟大商會聯盟換錢，一切就結束了。大商會聯盟已經沒有能力將如此大量的紙鈔兌換成貨幣。信用緊縮就要開始了。」

將偽鈔兌換成貨幣的同時，雪女也致力於回收真鈔。

最後，再把剩下的這些真鈔拿去跟大商會聯盟兌換貨幣，祭出讓他們垮臺的最後一根稻草。

大商會聯盟已經沒有支援兌現的能力了。只要這件事實浮上檯面，信用緊縮的問題就會跟著出現。

「沒錯。因為市面上流通的貨幣總量增加，物價也開始上漲，漲幅大約落在……」

我若無其事地秀了一段貝塔的報告內容，以展現自己的情報收集能力和相關知識。

「約翰公子，原來您調查得這麼深入呀……」

「哼……那當然了。」

「當初將約翰公子攬為伙伴，真的是正確的。要是少了您，這個計畫就不會成功了。」

「這不光是敝人的力量。妳的貢獻也很大。」

「這句話真令人開心呀。」

雪女微笑著回應。

我們伸出手和彼此握手。

「那麼，咱們就來進行最終階段的工作吧。約翰公子，有勞您繼續看守無法治都市和這座設施之間的通路。」

「知道了。」

「奴家就趁這段期間去跟大商會聯盟兌換貨幣。」

「——嗯？」

雪女這句話我覺得有些不對勁。

「有必要妳本人去做這件事嗎？」

就算雪女不特地出面，應該也能交由其他部下代勞。

「這得要奴家親自跑一趟，才有意義喲。」

雪女移開視線這麼回應我。

是嗎？

嗯，畢竟每個人都有自己的美學嘛。

「請您聽一段奴家的過往故事吧……」

接著，雪女開始娓娓道來。

「之前，有跟您提過奴家小時候和母親大人一同生活的事吧？奴家接下來要說的，就是那段過去的後續。某天，在母親大人外出狩獵時，敵對部族前來攻打咱們的村莊。除了擁有三條尾巴的母親大人以外，村裡的其他居民幾乎都沒有戰鬥能力，只能四處竄逃，奴家也一直躲在床底下瑟瑟發抖。可是，沒過多久，奴家的住家大門就被踹破，幾名男子闖入了奴家躲藏的房間，將奴家從床底下拖出來，並用猥瑣的眼光打量奴家。正當奴家陷入絕望的時候，一名男子從窗戶跳進來，將那些猥瑣的男子砍殺殆盡。那名男子，是跟奴家的部族締結同盟的大狼族派來的援軍，是一名有著黑到發亮的耳朵和尾巴的青年。他表示自己名叫月丹，為了讓奴家安心下來，還將奴家緊擁入懷。那年，奴家十四歲，而月丹十七歲……」

雪女以宛如湖面般平靜的眸子，凝望遙遠的往昔。

那次相遇，讓月丹成了雪女的初戀。

在遭受敵對部族的襲擊後，多虧有大狼族的協助，雪女的村莊才得以推行復興活動。那時，適逢英雄希瓦過世，獸人國度呈現群雄亂戰的狀態。為了追求力量，強大的部族持續侵略其他部族，企圖成為下一個希瓦。

這種情況下，謀求更加緊密的同盟關係理所當然。

於是，村裡唯一的三尾妖狐所生的女兒雪女，被選為大狼族族長兒子月丹的結婚對象。

戀慕著月丹的雪女欣然接受了這樣的安排。雪女的母親很滿意當初救了雪女一命的月丹，月丹也迷戀著美麗的雪女。

就這樣，兩人在眾人的祝福下締結了婚約，但正式的結婚典禮，要等到雪女滿十五歲成人之後才會舉辦。

直到正式舉辦婚禮前，小倆口還無法一起生活。

兩人平常雖然生活在不同的村莊裡，但月丹每個月都會來雪女的村莊拜訪幾次。他們倆都很珍惜這些無可取代的相處時光。

那是雪女的人生當中最幸福的一段日子。她一邊期待著大喜之日到來，一邊期盼這樣的日子能夠永遠持續下去。

然而，和平的時光並沒有維持太久。

附近的兩大部族彼此起了衝突，並將妖狐族和大狼族也捲入其中。

雪女等人被迫必須選擇成為其中一個大部族的盟友。

選擇其中一者的話，就會被對方強制徵兵，也會遭到敵對的大部族報復。這是個不存在正確答案的選擇。經過部族與部族之間的協商後，妖狐族和大狼族得出一個共識。

不和任何一方結盟，也不和任何一方敵對。

直到最後一刻才討論出來的答案，竟是所謂的觀望主義，同時也是對嚴苛的戰亂時期沒有半點概念的愚蠢選擇。

大狼族擁有力量。

妖狐族擁有智慧。

他們認為，只要兩個部族攜手合作，就能夠跨越亂世的考驗。

然而，現實沒有這麼天真。

只消一晚，妖狐族和大狼族就雙雙慘遭滅村。

村子被鮮血染紅、被大火燒成灰燼。

身為大狼族最強戰士的月丹，雖然起身奮戰，但最終能夠做到的，也只有帶著未婚妻一人逃走而已。

朝陽再次升起後，兩人茫然眺望著被燒得一片焦黑的村落殘骸。

「如果我擁有更多力量……」

「月丹……」

雪女靠上遍體鱗傷而垂下頭的月丹。

「我擁有力量的話，就不會被奪走這一切了！」

「這不是你的錯。」

「妳閉嘴！」

月丹的一聲怒吼，讓雪女垂下狐耳直發抖。

「……抱歉。」

「沒關係……」

月丹垂著頭再次開口。

「是我跟大家提議的。如果能擁有這股力量，即使不加入任何一方，也能夠挺過這一波戰亂紛擾……」

說著，他取出幾顆如血般鮮紅的藥丸。

「吞下這些力量來源，就能夠得到強大的力量。我們本應能夠撐過這段戰亂時期才對。可是，那個女人卻拒絕這麼做！因為她，大家也跟著拒絕服下這種藥！」

聽到月丹開始發出咯咯咯的笑聲，雪女不禁往後退一步。

「……應該要早早殺掉她才對。」

「月丹……？」

「我殺了妳的母親。」

「你……你在……說什麼？」

大部族攻進村落沒多久之後，雪女的母親就不見蹤影。雪女一直相信母親應該還好好活在某個地方。

「全都是那個女人害的。倘若她願意接受這些藥丸、接受『教團』的庇護，大家就能存活下來了。」

「『教團』……？噯，月丹，我是個傻瓜，不明白你這些話的意思……你是在說笑對不對？」

「誰會拿這種事說笑。我從妳母親身後割斷了她的咽喉！要是沒有那個女人的話——！」

「月丹……這是騙人的吧……？」

雪女又往後退了一步。

「想從戰亂中守護妳和村子，我只能這麼做了。」

「不……不要……你別過來……」

「為什麼要拒絕我？來吧，我們要開始復仇了。」

說著，月丹朝雪女遞出那些紅色藥丸。

「妳也吞下這些藥吧。不希望重要的東西被奪走的話，就只能先奪走別人的。獲得力量後，一起去殺光那些掠奪我們的傢伙！」
「不要，你別靠近我！」
雪女終究還是轉身逃離了月丹。
「連妳都要拒絕我嗎！」
一陣衝擊襲向雪女的背部。
接著，她整個人趴倒在地上。被劍刃砍傷的背部開始湧出汩汩鮮血。
「別抗拒這股力量。」
「為……為什麼……月丹……」
「別害怕復仇。不掠奪的話，就只能等著被掠奪。」
「不……不要……快住手……」
「妳還想拒絕嗎！」
看著企圖匍匐爬行逃走的雪女，月丹又揮下手中的劍好幾次。
每一刀造成的傷口都不算深，卻在雪女的美背上留下無數殘忍的刀傷。
月丹以腳踩住雪女的背，在痛苦呻吟的她耳畔輕喃：
「來，雪女。吞下這些藥丸，我們一起去報仇吧。」
「……不要……」
在雪女的意識因劇痛而逐漸模糊時，一道神祕的嗓音傳來。

「呀哈～！把值錢的東西給我交出來！」

咬字還不太清楚的稚嫩嗓音，以及跟嗓音搭不起來的暴力發言。這想必是幻聽吧。

至此，雪女暈了過去。

待她再次清醒過來，已經是夜晚了。

背後的感覺有些不尋常。她伸手一摸，才發現刀傷已經全數癒合、血也止住了。之後應該會留下疤痕，但已經不會痛了。

沒看到月丹的蹤影。但他的血和毛不知為何散落一地。

為了找出母親的遺骸，雪女返回村落。不知為何，沿路上到處都是襲擊村落的大部族成員屍體。

她隨即找到了被割喉的母親遺骸。

母親的表情因錯愕而瞪大雙眼。

雪女最愛的三條毛茸茸的狐尾也被燒得焦黑。

「母親大人……！」

母親被殺死了。

朋友和鄰居也被殺光了。

村落被大火燒得面目全非。

金錢財物被掠奪一空。

就連最愛的未婚夫，都成了自己的仇人。

「嗚……嗚嗚……」

她流著眼淚，將深愛的母親身影，以及故鄉的悽慘光景烙印在腦海裡。

然後狠狠咬唇。

一切都被奪走的她，最終擁有的東西，只剩下仇人而已。

然而，沒有錢、沒有力量，也無人能依靠的十四歲少女，就連想要活下去都相當困難。雪女成為流連戰場的娼妓，在各地輾轉求生。

到了十七歲，她將自己賣給一間高級娼館，在那裡爬上頂點。

得到金錢之後，她接著要追求的是力量。

過去被奪走一切的她，決定要反過來奪走仇人的一切——

雪女的故事似乎告一段落了。

我總覺得自己過去好像遇過類似的事情，所以她講到一半的時候，我就沒什麼在聽了。

「約翰公子，您或許多少已經察覺到了吧——奴家其實對商會和財富都沒有興趣。奴家的目的在於奪走月丹的一切，無論是他的財富、權力，或是性命……奴家會奪走他累積至今的所有東西。為此，奴家需要商會和約翰公子的力量……還請您原諒奴家這樣欺騙您。」

「是嗎……」

唔～想不起來。

「奴家這就去跟月丹分個勝負。請您相信奴家、等待奴家歸來吧。」

雪女朝我微笑，然後起身。

反正再怎麼想也想不起來，還是去幹活吧。

「敝人也該動身了。」

「那咱們一起走到出口吧。」

我和雪女一起步出房間。

冬季暖陽直直照入房間深處。在這個舒適的晴朗午後，怒吼聲響徹了卡達商會本部。

「為何遲遲查不出約翰．史密斯的下落！」

月丹以拳頭重捶桌面，大聲怒罵垂著頭的商會會長卡達。

「這、這是因為，我們原本已經查到他來自無法治都市，但因為調查無法治都市的風險太高，派出去的調查員一個接一個下落不明……」

會長卡達嘀嘀咕咕地辯解。

「已經沒時間了，你們知道嗎！偽鈔的傳聞都在王都傳開來了！」

「是、是的，關於這件事……拿紙鈔去兌換貨幣的人愈來愈多……」

「咕，動作也太快了！」

「今天早上有一筆高額兌換，讓狀況一口氣惡化了……！大商會聯盟的會長也提出抗議，說這跟一開始講好的不一樣……他、他還想跟我們商量關閉金庫，阻止民眾兌現……」

「一群蠢蛋！馬上叫他們閉嘴！這麼做只會讓傳聞瞬間擴散開來，到時整個王都的民眾都會跑來包圍商會！」

「可、可是，再這樣下去，資金會被淘空……！」

「這種事我也知道！」

月丹再次重捶桌面。

「噫——！」

厚重的木桌瞬間粉碎，噴飛的碎片在卡達臉頰上劃出一道細細的傷口。

月丹露出犬齒，以盲目的雙眼怒瞪外頭。

「……你剛才說今天早上有一筆高額兌換？」

「是、是的。」

「很可疑啊……動作太快了。馬上給我去調查那個來兌現的人。」

「是、是～！」

待卡達跑著離去後，月丹以手覆上自己的眼睛。

理應早已失去的眼球，現在卻彷彿仍在眼瞼後方那樣隱隱作痛。這樣的痛楚，總會在月丹和過去的事情牽扯上關係時發作。

「難不成……不，應該不可能……」

他閉上眼片刻，回溯往昔的記憶。

約翰．史密斯的真實身分為闇影一事，是只有「七影」知情的高度機密。

因為她們判斷這個消息散播出去的話，會導致「闇影庭園」的士氣下降。

這樣的判斷恐怕是正確的——看著垂下眼簾的阿爾法，伽瑪這麼想著。

暖爐裡的柴火燒得劈啪作響。

「他現在到了只有他能夠抵達的境界……」

「阿爾法大人……」

「所以，他已經不需要我了……」

「沒這回事。」

這樣的對話，不知已經重複了多少次。

陷入深沉悲傷之中的阿爾法，沒有能力經營整個「闇影庭園」。

現在，能夠讓「闇影庭園」維持運作的人才，就只剩下伽瑪了。

然而，已經無法用化妝來遮掩的明顯黑眼圈，以及有些凹陷的雙頰，在在顯示出伽瑪也已瀕臨極限。

儘管如此，她仍有一件必須報告的事情。

伽瑪在下定決心後這麼開口。

「大商會聯盟已經開始垮臺了。從今天早上開始，似乎就有大批民眾湧向商會，爭先恐後地辦理兌現作業。到了明天，恐怕會出現更多的兌現人潮吧……」

「這樣啊……」

「雖然不如大商會聯盟的情況嚴重，但也有民眾前來四越商會兌現。到了明天，兌現的人潮恐怕同樣會增加，待大商會聯盟瓦解後，所有民眾大概就會一口氣湧過來。」

「這樣啊……」

阿爾法以空洞的眼神聽著伽瑪的報告內容，然後輕輕道出一句話：

「撐得下去嗎？」

她這麼問。

看到阿爾法的表情，伽瑪一瞬間語塞，但最後還是選擇老實回答。

「……沒辦法。」

這就是現實。

為了因應大商會聯盟垮臺的問題，直到今天，伽瑪等人都一直努力地收集資金。

雖然已經拚命從全世界回收資金，仍追不上透過信用創造增加的金額。

「這樣啊……」

阿爾法露出微笑。

看到她泫然欲泣的笑容，伽瑪也開始眼眶泛淚。

「一定不會有問題。只要收集到如山積的金幣，一定就能放心……」

「已經夠了。」

即使有多到如山積的金幣，也不見得能夠應付目睹大商會聯盟垮臺的民眾提出的兌現要求。

無論伽瑪還是阿爾法都對此心知肚明。

「真的……已經夠了……」

「阿爾法大人……」

阿爾法以泫然欲泣的微笑望向伽瑪。

「讓偽鈔在市面上流通、引發信用緊縮現象的人是他。他的願望，就是和我們切割啊……」

「不……不會有這種事！闇影大人不可能拋下我們——」

「我們沒有足以回應他期待的能力……這就是這種情況導致的結果。」

「不會的……這種事情……！」

伽瑪終究無法說出「不會發生」這幾個字。

主人的戰鬥力、創造力和聰明才智，全都是她們遠不能及的。即使被賜予最理想的環境和最豐沛的知識，她們仍舊無法抵達主人所在的境界。

主人看透了她們的能耐。

「這種……事……」

伽瑪的雙腳使不上力。

她整個人軟綿綿地癱坐在沙發上。

這時阿爾法反而從沙發上起身。暖爐的火光，倒映在她看來做好某種覺悟的雙眼中。

「倘若這是他的期望，我就予以回應吧。因為我們約好了……倘若他希望我死，我願意去死……這是他跟我的第一個約定。」

「阿爾法大人……」

就在這時候——

「打擾了。」

一鞠躬後走進室內的，是有著一頭深褐色髮絲的少女紐。

「我們收到了最新情報。大商會聯盟實質上的領導人月丹這名男子，果然是和『教團』相關的人物。」

「我想也是。」

伽瑪有氣無力地回應。

事到如今，就算明白了這一點，也沒有任何意義。

「他似乎和『教團』聯手謀略讓四越商會垮臺的計畫。」

「計畫的內容是？」

「計畫內容……就是讓偽鈔在市面上流通，進而引起信用緊縮的問題。」

「原來……是這樣啊。」

伽瑪仰頭望天。

被將了一軍呢。

四越商會和「闇影庭園」之間的關連性明明尚未曝光，「教團」卻懷抱著同歸於盡的覺悟來鬥垮四越商會——這是她們完全沒料到的。

沒想到，他們會不惜讓大商會聯盟引發信用緊縮的問題，再藉此一起把四越商會拖下水。

就算能成功達到目的，這麼做伴隨的犧牲也太大了。

原來「教團」把四越商會當成這麼危險的眼中釘……是她們的認知過於天真了嗎？

「我們完全落入『教團』的圈套了呢。」

「不，那個……其實『教團』的計畫根本還沒有開始執行。」

「這是什麼意——」

伽瑪突然覺得腦中那片遺落的拼圖，在此刻順利歸位了。

就在這時——

「阿爾法大人！」

貝塔連門也沒敲就衝了進來。她手上拿著一份文件。

「研究室的希妲解讀出我交給她的闇影大人的暗號了！」

希妲是「七影」之中專門負責做研究的第七名成員。之前，貝塔曾說過她收到主人寫的一串暗號，而後交由希妲負責解讀。

「就是這個！」

阿爾法接過貝塔遞出來的那份文件。

細細閱讀著內容的她，雙眼開始恢復生氣。

「阿爾法大人……？」

聽到伽瑪困惑的嗓音，阿爾法以皺成一團的笑容回應她。

一滴喜悅的淚水從她的臉頰滑落。

「原來……我們並沒有被拋下……」

說著，她將文件交給伽瑪過目。

「這……這是——！」

上頭是希妲的筆跡所寫下的驚人事實。

『很抱歉，但我選擇背叛各位。我正在跟合作伙伴一起製作偽鈔，藉此回收資金。我把金幣存放在過去大家一起去拯救我姊姊的那座地底設施裡。妳們或許會憎恨我，但我認為這項選擇最為妥善。』

回過神來的時候，伽瑪發現自己的臉頰上也淌著淚水。她腦中的拼圖，以超越理想的形式完成了。

阿爾法、伽瑪、貝塔。

大家都哭著笑了，表情也皺成一團。

「原來一切都是闇影大人安排的呢。」

貝塔以滿是敬愛之情的嗓音開口。

「這就是他眼中所見的景色嗎……好遙遠啊。」
阿爾法以泫然欲泣的聲音這麼說。
「看透一切，然後做出最妥善的選擇……真不愧是闇影大人。」
伽瑪以莫名安心的語氣幫腔。
「他比任何人都更早一步看穿了『教團』的計畫呢。」
「然後，還反過來加以利用。在『教團』採取行動前，搶先一步讓偽鈔流通的話，就能回收龐大的資金。」
「而四越銀行就能利用這筆資金撐過信用緊縮時期。」
「最後，『教團』只會失去大商會聯盟，淪為唯一的輸家。」
「只能說『教團』遇上的對手太難對付了。只有比任何人都更了解信用創造這個概念的闇影大人，才能做到這樣的事情。」
「熟知信用緊縮可能造成的風險，卻仍在這種情況下大膽又有效率地回收資金。這樣高明的手腕……讓我受益良多呢。」
「擔心『闇影庭園』和四越商會之間的關係曝光的我們，無法隨心所欲地行動。所以，闇影大人才會代替我們暗中行動吧。」
「他之所以隱藏真實身分，也是為了和我們徹底斷絕關係吧。這樣一來，就不會有人把偽鈔跟四越商會聯想在一起了。」
「闇影大人還特地將偽鈔工廠蓋在我們一度造訪過的地方，甚至連金庫的位置都寫給我們。」

「之後，我們只要前往那裡回收資金即可——就是這麼一回事吧。」

在場的所有人都不禁深深嘆息。

「『等到一切都結束後，妳就會明白這是最妥善的做法了』……果然跟他說的一樣呢。」

「所謂欺敵先欺己……就是這個意思吧。」

「以深不可測的謀略為基礎，打造出縝密而完美的計畫……真不愧是闇影大人。不過，那戴爾塔呢？」

雖然伽瑪不安地這麼問，但阿爾法的眼神已不再動搖。

「她可是戴爾塔，想必不需要擔心吧。」

這時，外頭傳來一陣聲響。

窗戶慢慢被人打開，戴爾塔帶著幾分尷尬的表情爬進來。

「——妳看吧。」

「戴爾塔！太好了……」

伽瑪的臉上滿是喜悅。

「嗚嗚……阿爾法大人……戴爾塔去執行超機密隱密任務了……所以……」

戴爾塔一邊這麼說，一邊膽戰心驚地窺探阿爾法的反應。

「我明白。是他交代妳去辦什麼事情吧？」

聽到阿爾法這麼說，戴爾塔的表情瞬間開朗起來，並猛點頭回應。

「戴爾塔去狩獵漆黑加……！啊嗚，因為是超機密隱密任務，戴爾塔不能說……」

「戴爾塔，說話用詞要正確。機密跟隱密放在一起，意思就重複了。」

「可……可是老大這麼說……！」

「他怎麼可能會說這種話。不過，妳平安無事真是太好了……」

阿爾法抱住看似欲言又止的戴爾塔，摸了摸她的頭。

伽瑪和貝塔也過來擁抱戴爾塔，拭去臉上的淚水後露出微笑。

「他為了我們做到這種地步，所以，接下來就是我們的工作了。我們去回收他收集來的金幣吧。」

「是！」

「好的！」

「嗚嗚～～」

這晚，「闇影庭園」展開了行動。

徹底巡邏過無法治都市的各個通路後，我返回地底設施。

雪女應該差不多要回來了。

她想必會乘著滿載金幣的馬車回來吧。

等她回來後，就可以把地底金庫的金幣全數回收，然後撤退。接下來，只要在隔岸遠眺名為信用緊縮的大火燒起來的盛況即可。

屆時，約翰．史密斯會在飯店的高樓層客房俯瞰王都，蹺起二郎腿輕喃「一如計畫，信用緊縮開始了……」然後啜一口最高級的葡萄酒，以眼角餘光瞄向桌上堆成小山的金幣，再露出意味深長的微笑──

太帥了。

我一邊這麼妄想，一邊在通往地底設施的通道上前進。

不過，還真安靜耶。

雖然作業人員已經全數撤離了，但應該還有一些負責看守的人留下來才對。是太閒所以睡著了嗎？因為我努力過頭了，所以沒有半個人能踏進這裡呢。

「哼哼哼……」

我一邊露齒燦笑，一邊以輕快的步伐前進，抵達金庫外頭後，我停下腳步。

「咦……？」

金庫大門……是開著的耶……？

而且看起來不是用鑰匙打開，比較像是被人強硬撬開的……

「應……應該……不會吧……」

我的戒備應該執行得滴水不漏才對。

我連從無法治都市跑過來的一隻老鼠都不會放過。

我的雙腳打顫。

雙手也跟著發抖。

冷汗瞬間冒出。

「不、不不不不、不要緊的，一定不要緊……」

接著，我推開半敞開的金庫大門。

裡頭——空蕩蕩的。

那座堆得高高的黃金小山，現在消失得一乾二淨。

「騙……騙人的吧……」

雙腿一軟的我當場癱坐下來。

「為什麼……怎麼會……」

我的金幣……

「哈……哈！哈哈……我是在作夢吧……」

我以不停顫抖的手梳理自己弄成中分頭的髮型，從原地起身。

不要緊，一定不要緊。

或許是雪女基於某種理由拿出去了。

就算是被誰偷走，想帶走如此大量的金幣，也得花上好一段時間。若非手腳俐落的熟練者，應該還不至於走得太遠。

我以不斷顫抖的雙腳步出金庫。

察覺到有兩個氣息朝這裡靠近後，我佯裝出平靜的模樣。

「——約翰大人！」

兩名性感美女呼喚著我的名諱跑過來。

是雪女的心腹奈津和香奈。

我知道。發生了什麼事對吧。一定發生什麼事了。因為金庫變得空空蕩蕩的啊。

「雪女大人——雪女大人她失蹤了。恐怕是被月丹……！」

「妳說……什麼……？」

雪女……被月丹……是嗎！

一切在我的腦中連結起來。我發出咯咯的笑聲。

「約翰大人……？」

「也就是這麼一回事對吧……」

我推開金庫大門，讓一臉困惑的奈津和香奈看個仔細。

「這……這是——！」

「難……難道是他——！但這樣好像動作太快了……」

兩人錯愕地睜大雙眼。

「妳們知道那傢伙在哪裡嗎？」

「是、是的……！」

「那就沒問題了。敝人馬上去奪回來。」

我從奈津和香奈之間走過，讓魔力暴發出來，震撼了周遭的空氣。

「好、好強大的魔力！」

「這、這就是約翰．史密斯真正的實力嗎！」

接著，我操作鋼絲咻咻咻咻地劃破空氣，在空中描繪出美麗的發光軌跡。

「月丹啊……你徹底惹怒我了……！」

好啦，復仇劇要開始了——

時間回溯到一陣子之前——

夕陽西下，王都開始下起雪來。原本被染成一片橘紅的世界，在逐漸染上夜色的深沉時，雪也愈下愈大了。

一名銀白色的妖狐佇立在遠處的平原上，眺望著王都的街景。

她吐出一口白色霧氣，帶著莫名悲傷的眼神，不知在等待什麼。

在夕陽完全沒入地平線之後，又過了片刻，一個人影從她的後方靠近。

「沒想到妳竟然也介入其中，雪女……！」

所有的聲音幾乎都被積雪吸收的靜謐夜晚，這道滿是怨懟的嗓音聽來格外響亮。

雪女轉身。失去雙眼、有著一身漆黑毛色的獸人站在那裡。

「月丹……奴家一直都在等待這一天的到來。」

「妳跟約翰．史密斯聯手嗎……！這就是妳的復仇計畫嗎！」

跟神情莫名淡漠的雪女相較之下，月丹的表情扭曲得相當醜惡。

「一切都結束了，放棄吧……」

「不——還沒有。只要有你們強奪的那筆錢，我就能東山再起！」

月丹抽刀。那是一把幾乎等同於他的身高的長刀。

「月丹……」

雪女也抽出鐵扇。

「奴家已經跟以前不一樣了。」

皚皚白雪在夜晚的大地上堆疊。

銀白色的月亮和繁星在漆黑的空中閃耀。

在這個黑與白建構出來的美麗夜晚，鐵扇與長刀交會。

白雪揚起，鮮血四濺。

白雪堆疊而成的畫布，染上了血的鮮紅。

「怎……怎麼可能……！」

跪地的人是月丹。他憤怒面向雪女，接著瞪大雙眼。

不知何時，雪女的樣貌改變了。

九條銀白色的尾巴變得更長，原本宛如澄澈湖水的一雙眸子，現在則是如血般鮮紅。

凝聚在她身上的高濃度魔力，就連雙眼盲目的月丹都能夠感受到。

「這就是妖狐族真正的模樣……你已經沒有勝算了。」

「傳說中的妖狐之力……倘若有這等力量……倘若我有這樣的力量，就不會被奪走重要的東西了——！」

看著臉上滿是憎惡的月丹，雪女露出悲傷的微笑。

「月丹……你為什麼改變了呢？過去的你並不是這個樣子。」

「住口！」

「已經結束了。」

雪女以鐵扇抵著月丹的頸子。

冰冷的觸感讓月丹的表情跟著僵住。

「雪女——！」

以鐵扇抵著月丹的雪女，就這樣睥睨著他半晌。

她的表情看起來似乎在緬懷過往。

兩人一動也不動，彷彿時間停止了那樣。

只有雪花不停落在兩人之間。

最後，雪女收回了手中的鐵扇，九條尾巴和雙眼也恢復成原本的模樣。

「妳這是什麼意思……」

「奴家的復仇就到這裡結束了。」

「妳說……結束？」

「奴家不明白是什麼改變了你。不過，就算你犯下罪過，過去你曾拯救奴家以及奴家的村落，仍是不爭的事實……善行無法彌補罪狀，罪狀也不會蓋過善行。奴家想相信，在你的心中，當年拯救了奴家的那個你依然存在……」

語畢，雪女轉身，在潔白雪堆上踏出腳步。

「再見，月丹……」

月丹以盲目的雙眼怒瞪雪女的背影。

「別開……玩笑了……」

他怨懟的呢喃，沒能傳到離去的雪女耳中。

月丹掏出紅色藥丸服下，他的傷口隨即癒合，接著——

「……啊……」

鮮血花朵在雪地上綻放。

「妳究竟要愚弄我到什麼程度……！」

「月……丹……」

被利刃貫穿身體的雪女，就這樣倒在雪堆上。

感受著意識逐漸模糊的她，淚水開始從眼眶溢出。

「約翰……公子……請原諒奴家……」

此時，一陣風吹來，雪花在這一帶紛飛，一個黑色的身影跟著降臨。

「——！什麼人！」

一名男子出現在被染上雪白的黑夜之中。

雪花在他的四周紛飛，鋼絲劈開空氣而來。

「——奪走敝人最珍貴的東西的人，就是你嗎？」

以面具隱藏面容、朝這裡走來的黑色西裝男子——是約翰．史密斯。

「約翰公子……」

雪女痛苦地呼喚他的名諱。不知為何，約翰的身影讓她有種懷念的感覺。

「你這傢伙就是約翰．史密斯？你說我奪走你的東西……不過，你不也從我這裡奪走了許多嗎！」

月丹以早已不存在的一對眼球怒瞪約翰．史密斯。

「敝人來取回自己被奪走的東西——僅只如此而已。」

「你是說這傢伙？哈！不過，你真有能力搶回去嗎？」

「敝人會搶回來。」

「你這小角色……不過，我也得搶回來才行。搶回你們從我這裡奪走的東西！」

說著，月丹舉起手中的長刀。

「你是指什麼？」

「還打算裝傻嗎，雜碎……！」

月丹不禁咂嘴。

「我跟你無話可說。」
「少浪費時間了。」
約翰．史密斯也將手中的鋼絲伸長。
兩人對彼此投以憎惡的視線，而後——
「月丹——！」
「約翰．史密斯————！」
激烈交鋒。
月丹的長刀直逼約翰．史密斯，但後者甚至不打算閃躲。
長刀直接襲向約翰．史密斯的頸子，然後突然停止。
「唔——怎麼！」
看到自己的刀突然在空中停下來，月丹吃驚地收刀。
約翰．史密斯游刃有餘地看著他收刀，並輕聲開口：
「你剛才做了什麼嗎……」
月丹不悅地「嘖」了一聲。
「你這傢伙……是將魔力注入這些細絲之中，用來擋住我的刀嗎？」
「……哦。」
「有些境界，要在失去一些東西後才能達到。在喪失視力後，我以魔力偵測空間的能力便飛越性地成長。」

月丹的魔力開始在這一帶瀰漫。

「我看得見呢！我對你的絲線一清二楚！你能夠自在操作絲線的技巧，著實讓我吃了一驚。不過——」

月丹揚起嘴唇笑了。

「遇上我這種對手，算你氣數已盡，約翰．史密斯！」

月丹再次抽刀砍向約翰．史密斯。後者試著和他拉開距離，迴避他的長刀，卻無法讓手中的鋼絲觸及月丹的一根汗毛。

「沒用的！我說過我能夠看穿一切了吧！」

約翰．史密斯不斷退後。月丹追了上去。

雪女噙著淚水，眺望兩人激烈的戰鬥畫面。倒映在她眼中的，是約翰．史密斯拚命戰鬥的身影……

過去，雪女從不曾目睹約翰．史密斯像剛才那樣憤怒的瞬間。

她跟約翰．史密斯認識的時間並不久。

不過，她知道他並不是喜怒哀樂形於色的人。

現在，這樣的他動怒了。

打從內心感到憤怒。

面對搶走雪女，還砍傷她的月丹，約翰．史密斯真的動怒了。

「約翰公子……」

雖然現在看似屈居下風，但雪女明白他的實力並非只有這種程度。

隨後──

「你只有這點能耐嗎……？」

約翰．史密斯這麼開口。

「咕……」

月丹氣喘吁吁地怒視約翰．史密斯。

雖然不停揮刀追殺，但月丹手中那把長刀，卻遲遲無法觸及約翰．史密斯。

不僅如此，月丹的身體還多了無數道細小的傷痕。

他理應掌握了每一條鋼絲的動作才對。

然而，正因確實掌握了，他才無法朝這面鋼絲網一股腦兒衝過去。

從約翰．史密斯的指尖延伸出去的鋼絲，在空中形成宛如蜘蛛網那樣綿密的包圍網，一旦誤闖，就無法再次脫身。

月丹察覺到了──這是能夠早一步看穿、封印獵物的動作，再加以捕捉的完美陷阱。

他實驗過了。只要稍微試著硬闖，鋼絲隨即會在他的身上刻劃出無數道傷口。

若不設法逼近，長刀就無法觸及約翰．史密斯；然而逼近的話──只有死路一條。

不知不覺中，月丹變得只能不停揮動永遠砍不到對方的刀。

約翰．史密斯從容朝月丹走近。曾幾何時，他的鋼絲已經封住月丹的退路。

「快說……你有該說的話才對吧？」

「——！」

被約翰．史密斯這麼命令的月丹，一瞬間望向雪女所在之處，但隨即又搖搖頭。

「我沒有任何應該要說的話！」

「是嗎——」

下個瞬間，鮮血從月丹的胸口噴濺而出。包圍他的鋼絲撕裂了他的皮肉。

儘管表情痛苦扭曲，月丹仍惡狠狠地瞪著約翰．史密斯。

「我一直在追求力量！為此，我付出了莫大犧牲！事到如今，豈能讓步！」

說著，他從懷裡取出大量的紅色藥丸，一口氣全數吞下。

那些藥丸，很明顯超過了他的身體所能負荷的量。

「我不會……再被任何人掠奪了……與其被搶走，還不如……！」

月丹再次望向雪女所在的地方，彷彿想用那雙盲目的雙眼注視什麼似的。

隨後，他的身體開始發黑。

肌肉也開始膨脹，扭曲成醜陋的模樣。

大量的魔力跟著湧現，將紛落的雪片全部吹散。

「要我——賠上一條命也無所謂。」

他睜開盲目的雙眼。

裡頭是宛如血塊般的鮮紅色眼球。

鮮紅的血淚從他的臉頰滑落。

月丹的動作變得敏捷到判若兩人。

周遭雪片高高揚起的下個瞬間，他已經衝到約翰．史密斯的跟前。

「喔喔喔喔喔喔喔喔喔喔喔喔喔喔喔喔喔喔喔喔喔！」

劈砍隨著月丹的咆哮聲襲來。

約翰．史密斯動了動指尖，他的鋼絲掠過半空。

「——哦。」

長刀和鋼絲交鋒後，後退的人是約翰．史密斯。

幾條被斬斷的鋼絲從他的指尖脫落。

月丹沒有停下攻擊。

他以宛如野獸的動作衝上前追殺約翰．史密斯。

他以長刀再次斬斷約翰．史密斯的鋼絲。

月丹揮下長刀，約翰．史密斯的鋼絲跟著舞動。

兩人激戰片刻後，約翰．史密斯終於失去了所有鋼絲。

「啊啊啊啊啊啊啊啊！」

月丹帶著瘋狂笑容襲向失去武器的他。

然而，約翰．史密斯卻只是嘆了口氣，繼續佇立在原地。

「畢竟只是鋼絲啊……」

以不太感興趣的嗓音這麼輕喃後，他望向朝自己逼近的月丹。

接著——兩人激烈衝突。

約翰．史密斯主動朝月丹踏出一步，然後側身躲過他驚人的這一擊。

長刀劃過約翰．史密斯的臉頰，黑色髮絲在空中飄動。

這是以最小限度的動作完成的迴避。

剛才踏出的那一步，距離也在最小限度，速度則是最快。

這是能同時達到「迴避」和「逼近」兩種目的的理想動作。

亦即——習武之人的境界。

「什麼！」

月丹錯愕地瞪大雙眼。下個瞬間，他的下顎便吃了約翰．史密斯一記肘擊。

「嘎哈！」

在月丹踉蹌後退的同時，約翰．史密斯仍毫不留情地追擊。

他一拳擊中月丹的丹田，在後者的身體彎成く字狀時，又以膝擊將他的上半身踹起。

約翰．史密斯的連續攻擊沒有停止。

那些極其平凡的拳擊、肘擊和膝擊，在在陷入月丹的肉體。月丹那肌肉異常膨脹的軀體，令人難以置信地不斷被打飛。

自己的肉體，才是緊要關頭時最可靠、最強大的武器。約翰．史密斯證明了這一點。

不過，月丹也拚命後退，企圖從約翰．史密斯接連不斷的攻擊中逃開。

服下紅色藥丸，讓他的肉體即使受到損傷也能夠瞬間恢復。只要撐過這波遲早會結束的猛攻，退到安全區域——

然而，約翰．史密斯沒有停下。

他的每一步都擋住月丹的退路，每一擊都削減著月丹雙腳的力量。

在這場瞬間的攻防戰之中，約翰．史密斯看穿、掌握了一切。

像這樣，他持續單方面痛毆著月丹。

一直維持著極近距離、維持在自己的攻擊範圍之內。

無論獵物採取什麼樣的行動，都絕對無法離開他的攻擊範圍。

他淡淡地、有如進行機械式作業那樣痛毆著月丹。

「嘎……！啊嘎……！咕……！咕喔喔……！咳哈！」

月丹的骨頭被粉碎、牙齒被折斷、內臟被打爛，卻又在下一秒隨即恢復。

這可說是一場不會結束的凌遲。

飛散的鮮血在白雪地毯上染出點點紅暈。

接著，約翰．史密斯稍微增強了拳頭的力道，揮拳速度也跟著加快。

「快說。你應該有必須說出來的話才對吧……」

「嘎……！咕呼！」

約翰．史密斯一邊揮拳，一邊開口要脅。

最後，極限終於到來了。

月丹的肉體不再自我恢復。

看穿這一點的約翰．史密斯，將攻擊範圍拉長半步的距離——然後用右腳使勁一踹。
他的右腳狠狠陷入月丹的頭部側面，讓後者跌在雪地上滾了好幾圈。
月丹企圖從地上爬起來，卻又被約翰．史密斯以腳狠狠踩住。
月丹抬起眼怒瞪約翰．史密斯。
彷彿回想起過去那樣，月丹的雙眼再次開始刺痛。
「嘎……！」
約翰．史密斯一拳灌在他臉上。
「——快說。」
再一拳。
「——說你該說的那句話。」
「約翰．史密斯——是嗎……原來你就是那時的……」
不知不覺中，月丹望向約翰．史密斯的那張臉上，湧現了各種複雜交織的情感。
憤怒、憎恨、羨慕和後悔……
「要是我有你這樣的力量，事情或許就會不一樣了吧……」
複雜的情感，讓他的嗓音聽起來更有分量。
「我持續逃避自己的軟弱，最後落得這樣的下場……我真正想守護的其實是……」
至此，月丹笑了。
「託付給你的話……應該可以……」

已經變得氣若游絲的他，以顫抖的手指指向雪女所在之處。

「雪……就拜託你……」

「……！明白了。」

約翰．史密斯握住他顫抖的手指。

「敝人確實收到你託付給我的這份心意了。」

接著，月丹逝去。

「奴家終於想起來了……是您替奴家……」

雪女將臉埋在約翰．史密斯的胸口。淚水滲進他的西裝表面。

約翰．史密斯以注入魔力的手輕撫她的傷口。

「好溫暖……這股力量，就是那一天的……」

怦通。

雪女的心臟重重一跳。

從一切都被掠奪殆盡的那天以來，她就冰凍自己的內心走到今天。

無論發生什麼事、無論被誰占有，她都微笑著接受這一切。

內心那座絕不會融化的冰山，是保護自己的城牆。

而現在，冰山開始溶解了。

「……謝謝。」

約翰．史密斯歪頭。

然後這麼輕聲呢喃：

「他說埋在那一帶的雪堆底下，是嗎……」

「我還得處理最後一個工作。」

說著，約翰．史密斯便開始挖洞。雪女留下這樣的他，獨自暫時返回王都。他想必是要替月丹挖一個墓穴吧。說不定，月丹只是想尋找一個理想的葬身之地。

看著死去的月丹臉上平靜的表情，讓雪女不禁想起從前。

在王都休息了一晚後，雪女回收了剛兌現的金幣，準備返回自己的據點。

約翰．史密斯徹底治好了她的傷口。連背上那些不堪入目的傷痕，都消失得一乾二淨。

抵達據點後，帶著金幣前往金庫的雪女，在看到金庫內部的狀況後大吃一驚。

「這……」

金庫裡頭被人徹底清空了。

正當雪女感到不解，一名身穿黑色裝束的女子無聲無息地出現。

「妳就是雪狐商會的雪女嗎……」

「——！」

雪女轉身，發現一名美麗的金髮精靈站在那裡。

「妳是？」
雪女這麼問，同時做好隨時都能抽出鐵扇的準備。
「我叫阿爾法，是『闇影庭園』的一員。從反應看來，妳應該沒聽他提過吧。」
「阿爾法……」
雪女也知道約翰．史密斯，亦即闇影是「闇影庭園」的統帥一事。
不過，她不曾聽他直接提及「闇影庭園」。現在回想起來，其實挺弔詭的。
「妳就是他的合作伙伴……也是大商會聯盟的月丹的戀人……」
「妳想說什麼呢？」
「我想把這封信轉交給妳。雖然已經開封了，但我覺得還是得交給妳本人才對。」
阿爾法遞過來的，是一封看起來很老舊的信。
「大商會聯盟馬上就會垮臺了。在這之前，我們會到處回收能回收的東西。這是從月丹房裡找到的，是給妳的一封信……不對，或許該說是遺書吧。」
「月丹的……」
雪女接過那封信開始閱讀。
最先讓她感到訝異的，是上頭扭曲凌亂的字跡。或許，雙眼失明的月丹沒有求助他人，而是獨自親筆寫了這封信吧。雪女從這些亂七八糟的字跡中，感受到了只屬於月丹的筆跡和溫度。
這封信從對雪女和故鄉同胞的懺悔開始寫起，是一封詛咒自身軟弱的信。
同時，令人錯愕的事實也跟著映入眼簾。

「迪亞布羅斯教團……」

那便是在背後教唆月丹的組織。

「『闇影庭園』正在努力和迪亞布羅斯教團戰鬥。當然，他也……」

「約翰公子也……」

「其實，四越商會是『闇影庭園』設立的幌子公司。」

「——唔！難道……！」

「打從一開始，一切就都在他的掌控之中。不好意思，金幣全數由我們回收了。」

「四越商會打算用那筆錢撐過信用緊縮時期，是嗎？」

「我們還會吸收大商會聯盟的販售通路，日後想必能在業界建立起絕對優勢的地位。」

「約翰公子……不，闇影公子早就預料到事情會如此發展了嗎？」

「妳想責備他是叛徒也無妨。他想必連這樣的指責都會一併接受吧。」

雪女搖搖頭。

「奴家沒打算這麼做。闇影公子可是救了奴家兩次的恩人。」

「……這樣啊。」

阿爾法點點頭。

「我們已經做好迎接妳成為同伴的準備。如果願意的話，請妳繼續經營雪狐商會，然後跟無法治都市合作。」

「奴家明白了。四越商會是表，雪狐商會是裡……是這個意思吧？」

雪女和阿爾法以相同的表情微笑。
看起來是同樣對某人感到心服口服的反應。
「請多指教嘍。」
「還請多指教。」
握過手之後，雪女輕聲自言自語了這麼一句：
「傷腦筋喲。感覺他珍惜的人有很多很多呢……」
隨後，兩人一邊商討今後的方針，一邊離開了雪女的據點。

大商會聯盟在轉眼間崩壞。
面對為了兌現紙鈔而找上門的大批民眾，他們沒有足以應付兌現要求的金幣，導致部分商會甚至關店，然後趁夜黑風高時逃之夭夭。最後，騎士團介入其中，逼迫商會打開金庫，結果發現比起在市面上流通的紙鈔，裡頭剩下的資金簡直少得可憐。
商人們遭到逮捕，日後想必會被施以嚴厲的處罰。
而目睹大商會聯盟垮臺的民眾，接著將目標轉往四越銀行。
在大商會聯盟垮臺的隔天早上，他們大量湧入四越銀行的王都分店。
據說前來兌現的人數，多到足以將王都的主要道路擠得水洩不通。

早晨，在銀行開始營業的瞬間，民眾握著紙鈔衝進裡頭，然後為眼前的光景錯愕不已。
採一二樓打通設計的大廳，堆滿了光芒奪目的大量金幣。
在面對民眾時，銀行行員也總是滿面笑容，表現出極其從容的態度。
四越銀行順利處理了龐大的兌現要求。目的達成的民眾，一個接一個步出銀行。
到了這天的午後，在四越銀行外頭排隊的民眾幾乎已經一個都不剩。
實際將紙鈔兌現的人，其實只有排隊人數的三成左右。
看到四越銀行的對應方式，民眾都相當放心。
堆得有如小山那麼高的金幣、面帶笑容，服務周到的銀行行員，以及四越商會累積至今的信譽。
最好的證據，便在於這天甚至出現了希望借貸紙鈔的客戶。
四越銀行與四越商會，因為大商會聯盟垮臺，而贏得更高的地位，以及更多的信賴。
他們所擁有的力量，甚至已經強大到連國家都無法出手。
倘若四越商會在這個節骨眼撤店，王國將掀起金融風暴。
經過這次的騷動，王國方面將信用緊縮一事視為危險。然而，四越集團和他們首創的信用創造，讓王都景氣變得空前絕後的興盛，也是不爭的事實。
王國方面決定和四越集團、四越銀行的代表人會晤，訂立幾條關於信用創造的規定。
就這樣，一連串的騷動終於劃下句點。

我用史萊姆鏟子挖著洞。

在那之後，我就一直在挖洞。

不過，為什麼——我挖不到任何東西。

為什麼——我聯繫不上雪女。

先讓雪女回去回收王都的金幣，我則是把埋在洞裡的金幣挖出來，最後結局皆大歡喜。原本應該是這樣才對。

可是，我沒挖到金幣，雪女也失聯了。

注意到的時候，我發現四越銀行不知為何仍屹立不搖。

為什麼？

這是怎麼一回事？

唯一能明白的，就是我的計畫有漏洞這個事實。

「老大，沒挖到任何東西的說。」

用雙手不停在地上挖洞的戴爾塔開口。

「一定……一定挖得到才對。」

我這麼回應她，然後繼續挖。如果只是要在地上挖一個大洞，其實可以把這一帶的地表炸開就好，但這麼做可能會連同金幣一起炸飛。

到頭來，只能乖乖用人力慢慢挖。

循著我的氣味而來到這裡的戴爾塔，也成了幫忙挖洞的人力……或說是犬力。

「老大，這也是超機密隱密任務嗎？」

「對啊。所以不能告訴阿爾法她們喔。」

「知道了！」

「戴爾塔，這是死亡訊息。」

「死亡訊息？」

「就是死者道出的真相。一名跟我互相憎恨、在戰場上拚個你死我活的敵人，最後和我和解了。在死前，他最後道出的字眼是『雪』，手指指的方向則是『這裡』。意思就是，他在這片雪堆之下埋了很重要的東西。」

「好厲害！」

「這就是所謂的推理喔。」

「推理！」

戴爾塔雙眼閃閃發亮，尾巴也猛搖個不停。

「挖完洞之後，老大就會實現戴爾塔的任何願望嗎？」

「嗯？」

「老大跟戴爾塔約好了！」

「嗯嗯？」

「老大跟戴爾塔約好了啊！」

「嗯嗯嗯？」

「嗚嗚～」

戴爾塔從下方抬起眼睛瞪著我。

「抱歉抱歉，我們確實做過這種約定啦，但——」

「約好了！」

「我沒有說會實現妳的任何願——」

「老大答應了！」

「不，我是說在我做得到的範圍——」

「老大答應了啊！」

沒轍了。在戴爾塔的認知裡頭，我已經答應她了。

「戴爾塔，不可以說謊喔，我沒有答應妳。如果這邊有錄音機，妳的謊言就會曝光喔。」

「錄音機？」

「那是一種影之兵器，一旦啟動，世界就會毀滅。」

「咦咦！」

「妳也不希望世界毀滅吧？所以不可以說謊。」

「嗚嗚～～戴爾塔不想要世界毀滅……可、可是老大答應過……」

戴爾塔目泛淚光……或該說快哭出來了。

「啊～我知道了，那我也讓步吧。我會做我做得到的事情。可是啊，戴爾塔，我不是聖誕老人，所以無法實現妳的任何願望。」

「聖誕老人？」

戴爾塔不解地歪頭。

「聖誕老人……他是君臨影之世界，罪大惡極的赤紅魔王……」

「魔王！」

「他總是一身被鮮血染紅的裝扮。他會背叛人們的夢想，賜予人們絕望，再以他們的血染紅自己的衣裳……」

「好過分！」

「對啊，他很過分呢。我以前也被他害得好慘。」

「老大也是？」

「我有個無論如何都想實現的夢想，所以一直向他許願，但聖誕老人卻一而再、再而三地背叛了我。」

「夢想？」

「我想成為『影之強者』——不，也罷。我已經決定重要的事情絕不輕易說出口。總之，我從年幼時期開始，每年都會被他背叛，導致心靈受到了重創。所以啊，戴爾塔，我想說的是，我不是聖誕老人，所以無法答應妳的任何要求。」

不知為何，戴爾塔直盯著我的臉瞧。她不停眨眼，然後歪過頭。

「可是，聖誕老人沒有實現老大的任何願望啊。他背叛了老大的夢想！」

確實如此。

「咦？」

「咦！」

「感覺是雞同鴨講呢。」

「雞同鴨講呢！」

我跟戴爾塔一起歪過頭。

「算了。總之就是，我願意讓步，但不會實現妳的任何願望。」

「嗚嗚～～」

「好了，我之後要去旅行。在我回來之前，妳就好好考慮自己的願望吧。」

「旅行？」

「嗯，去尋找自己的旅行……」

阿爾法她們絕對很生氣，所以得給她們一段消氣的時間才行。人的情感會隨著時間變淡。也就是說，時間會改變一切。剛好學園也要開始放寒假了。

等到假期結束後，再若無其事地出現在阿爾法等人面前即可。故意不賠罪，表現得一如往常，佯裝什麼事都沒發生過那樣。

因為，我發現了讓自己在人際關係之中絕不會吃癟的最強絕招。

那就是——讓對方覺得無可奈何。

只要讓她們覺得「啊，跟這傢伙說什麼都是白搭」就好了。

無論小嬰兒做了什麼，都不會有人抱怨。換句話說，我只要讓自己墮落到那種等級就行了。

不過，我得注意才行。這個絕招可是雙面刃。

因為這雖然能帶來勝利，卻同時也代表著敗北……

「然後，不用再挖洞了。謝謝妳來幫我。」

我的計畫有漏洞。到頭來，四越商會完好如初，事到如今，就算真的挖到那筆錢，也沒有意義。

「所以，我要踏上旅程嘍！再見。」

「啊，老大，戴爾塔好像挖到什麼了——！」

戴爾塔的呼喚聲從後方傳來，但不想為她的「願望」傷腦筋的我，使出全力衝刺離開。

我第一次被聖誕老人背叛，也是在這種下著雪的夜晚。

Not a hero, not an arch enemy,
but the existence intervenes in a story and shows off his power.
I had admired the one like that, what is more,
and hoped to be.
Like a hero everyone wished to be in childhood,
"The Eminence in Shadow" was the one for me.
That's all about it.

The Eminence in Shadow

I can't remember the moment anymore.
Yet, I had desired to become "The Eminence in Shadow"
ever since I could remember.
An anime, manga, or movie? No, whatever's fine.
If I could become a man behind the scene,
I didn't care what type I would be.
Not a hero, not an arch enemy,

The Eminence in Shadow
Volume Three
Appendix

補遺

「七影」第四席的犬族獸人。
淪為〈惡魔附體者〉被趕出部族時，
為闇影所救。
擁有足以被稱為「特攻兵器戴爾塔」的
戰鬥天賦，單純以戰鬥力而言，
甚至可說是「七影」中最強。
五感敏銳，擅長消除自身氣息狩獵。
但因為是個笨蛋，不擅長攻其不備。

Epsilon

（姓名）伊普西龍
（性別）女
（年齡）17

「我豈能在這種地方讓真相曝光啊啊啊啊啊啊啊啊啊啊啊啊啊啊啊啊啊啊啊啊啊啊啊！」

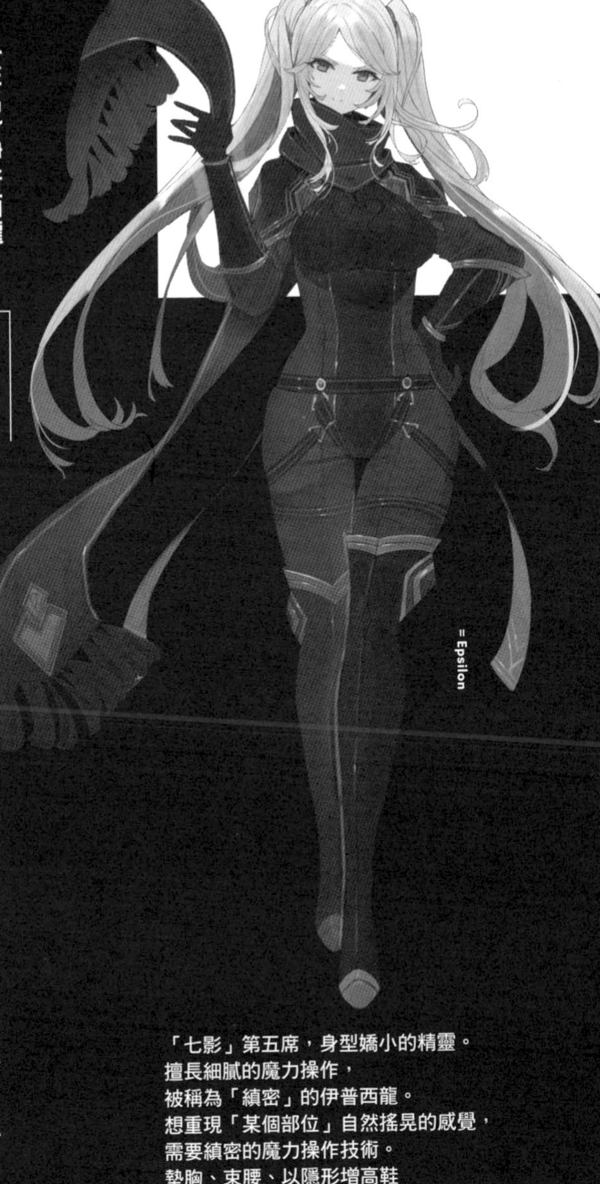

「七影」第五席，身型嬌小的精靈。
擅長細膩的魔力操作，
被稱為「縝密」的伊普西龍。
想重現「某個部位」自然搖晃的感覺，
需要縝密的魔力操作技術。
墊胸、束腰、以隱形增高鞋
讓雙腿變得修長。她以史萊姆戰鬥裝束
重現了完美的身材。

「要是敢對席德出手，
我絕對不會
放過你們！」

（姓名）克萊兒・卡蓋諾
（性別）女
（年齡）17

席德的姊姊，
卡蓋諾家備受期待的新星。
年幼時期一度成為〈惡魔附體者〉，
但被席德偷偷治好了。
劍技相當優秀，
騎士團曾前來邀請她入團，
但因為擔心弟弟而不太想跟他分開。
因為某次的事件，開始覺得自己
是個有別於凡人的特別存在。

（姓名）雪女
（性別）女
（年齡）??

「最終會獲勝的，
是奴家跟闇影公子。」

Yukime

= Yukime

統治著無法治都市的「純白高塔」的妖狐。
以鐵扇為武器，戰鬥方式宛如在翩翩起舞。
有九條尾巴，在妖狐族之中也屬佼佼者。
有著一頭銀白色髮絲和水藍色雙眸，
總是穿著十分暴露的和服。
在無法治都市負責管理花柳巷，
同時對外經營著一般的商會，非常幹練。

闇影大人戰記

完全版——第三集

作者：貝塔

「紅月」浮現在夜空之中。一開始，那原本只是一輪稍微泛紅、幾乎和平常沒什麼兩樣的月亮。所以，無人察覺到那正是「噬血女王」復活的前兆——除了闇影大人以外。

「噬血女王」是在千年前，只消一晚，便毀滅了一整個國家的傳說中的吸血鬼始祖。倘若闇影大人沒發現這件事，情況會如何發展呢——光是想像，便令人恐懼不已。得知實力足以毀滅世界的傳說中的吸血鬼即將復活，闇影大人做出的選擇……竟然是獨自一人和她奮戰！以充滿自信的美麗表情表示「不過是月亮變紅而已。我一個人就足夠了」的闇影大人——我想必一輩子都不會忘記那瀟灑的身影。

於是，闇影大人隻身潛入了「噬血女王」沉眠的無法治都市！

在無法治都市，「噬血女王」的部下已經為了讓女王復活而開始行動。在獲得「紅月」的力量後，變得凶殘無比的食屍鬼們，開始攻擊無法治都市的居民。大街小巷被鮮血染紅，慘叫聲不斷從房舍中傳來。那裡淪陷成名副其實的無法治都市了！這種情況下，闇影大人終於行動了。他俐落地砍殺那些狂暴的食屍鬼，還對因恐懼而慌張竄逃的人們伸出援手！他甚至出手幫助了通緝自己的魔劍士協會那些無能的成員，闇影大人的心胸實在是太寬大了！被拯救的他們，想必會察覺到自己是多麼渺小，然後一輩子景仰闇影大人吧。

然而，就在闇影大人忙著拯救這些渺小的人類時，「噬血女王」復活了！而跟復活的「噬血女王」對峙的——竟然是有著一頭銀髮和淚痣的精靈族大美女貝塔！她決定在闇影大人抵達現場前，和自己的部下一起爭取時間！在部下們一個個敗陣下來的時候，貝塔獨自和「噬血女王」相對峙，儘管已經傷痕累累，依舊堅持保護闇影大人的姊姊。她那挺身而出的勇氣，想必會讓全世界感動落淚，也會深深打動闇影大人的心吧。抵達現場後，闇影大人上前保護了貝塔，而且又因為這樣而無法表現出平常的戰鬥水準，就是最好的證據！

為了守護心愛的貝塔而陷入困境的闇影大人——！在他幾乎無計可施的時候，貝塔這麼吶喊！

「我不要緊的……所以，請您拯救這個世界吧！」

貝塔堅強的模樣，讓闇影大人的心熊熊燃燒起來！在愛情的力量給了「嗤血女王」迎頭重擊之後，她竟然恢復理智了！變得正常的「嗤血女王」，向闇影大人表達了最真誠的感謝，並約定倘若今後闇影庭園有難，她必會伸出援手。隨後，拯救世界也救回所愛的闇影大人，身影再次消失在夜晚的黑暗之中——！

闇影大人總是因為他強大的力量而受到矚目，然而，真正令人驚愕不已的，或許是他的聰明才智才對。受闇影大人的「闇影睿智」薰陶，而在業界活躍的四越商會，現在成了米德加王國及其周邊國家裡人氣最高的商會。然而，其他老奸巨滑的商人可不會悶不吭聲。為四越商會的活躍眼紅的商人們，竟然組成了大商會聯盟！不過，這麼做為時已晚。四越商會的實力，早就因為「闇影睿智」而成長到遠超過大商會聯盟所能想像。

為了和四越銀行的紙鈔相抗衡，大商會聯盟也發行了紙鈔。然而，因為慢了半拍才發行，大商會聯盟的紙鈔難以在市面上流通。愚蠢的大商會聯盟……做出這種有勇無謀的挑戰，垮臺恐怕也只是時間問題。然而，真正愚蠢的究竟是誰——之後，我們才徹底理解這一點。

秋天即將結束的時候，大商會聯盟的偽鈔開始在市場上流通。他們發行的紙鈔相當粗劣，所以要製作偽鈔可說是輕而易舉。不過，我們完全無從得知，這些偽鈔原來是早已洞悉一切的闇影大人的策略。從信用創造的角度來看，偽鈔會帶來極大風險。因為偽鈔在市面上流通，會導致人們懷疑紙鈔本身的價值，進而引發信用緊縮的問題。大商會聯盟的紙鈔造成信用緊縮後，也會連鎖地造成四越商會信用緊縮。發現這一點的我們，為了趁早查明偽鈔來源而著手進行調查，同時也得知了敵人的身分。他名為約翰．史密斯，是使用鋼絲戰鬥的好手。

就連戴爾塔都成了約翰．史密斯的手下敗將。聽到這個報告時，我們所受到的震撼簡直無法形容，但事後回過頭想想，這其實也理所當然。為了悼念戴爾塔，阿爾法大人決定親自出馬解決約翰．史密斯。而後，我們得知了更加衝擊的事實——沒想到約翰．史密斯的真實身分，竟然是闇影大人！

鬱鬱寡歡地回到據點的阿爾法大人，因為打擊過大而終日臥床。這也是正常的。既然刻意讓偽鈔流通、企圖引發信用緊縮現象的是闇影大人，我們便無計可施。倘若闇影大人希望四越商會垮臺，接受這樣的安排，即是我們的使命。只是，我們都陷入深深的悲傷之中。在大商會聯盟垮臺的前一天，希妲成功解讀了闇影大人託付給我的暗號。這串暗號其實代表著令人震驚的事實！

沒想到，大商會聯盟的背後，竟然是迪亞布羅斯教團在操控。他們刻意發行粗製濫造的紙鈔，企圖引誘偽鈔出現、在市面上流通，進而引發信用緊縮現象。

早一步發現他們計畫的闇影大人，趕在教團之前發行了偽鈔，並用其兌現賺取大量資金。他計劃以這筆錢支援四越商會撐過信用緊縮的時期。得知真相後，我們全都落下感動的淚水，並以自身的愚昧為恥。這是只有看穿一切的闇影大人，才能夠成就的、宛如神蹟的超大規模計畫！隨後，闇影大人打倒了掌控大商會聯盟的教團幹部，我們則是回收了他收集的資金，讓四越商會撐過信用緊縮的考驗，更進一步地茁壯！

闇影大人的活躍事蹟這次就到此為止！

那麼，下次的闇影大人戰記完全版是奧里亞納王國激戰篇！暗中搞鬼的教團！在下定決心的蘿絲公主面前現身的闇影大人，動機究竟為何！潛藏在奧里亞納王國的真相又是！同時，圓桌騎士終於開始行動！

敬請期待下集！

The Heroic Legend of Shadow

非常感謝各位閱讀這本《我想成為影之強者！》第三集。

在這裡要向各位報告兩件事情。

首先，坂野杏梨老師的《我想成為影之強者！》漫畫版第一集出版了！

裡頭也收錄了關於闇影庭園成立初期的追加小說，若各位願意看看，便是我的榮幸。

其次是《我想成為影之強者！》今後的出版計畫。

我想各位應該都知道，本作是把在「成為小說家吧」上頭連載的內容書籍化之後的作品。

我會為實體書追加一些內容，但故事基本上都跟網路版大同小異這點，一直讓我過意不去。

因此，為了讓各位能夠看得更開心，實體書第三集的內容，變得和網路版有些不同。我嘗試維持原本的大綱，只改變細節部分的劇情，將故事琢磨得更有看頭，讓網路版和書籍版變得各有特色。

此外，從實體書第四集開始，將完全是另外寫成的故事！

因為跟網路版的故事發展完全不同，即使是已經看過網路版的讀者，也能夠充分享受實體書的樂趣，我也能花時間撰寫更有趣的故事！

為了替我加油打氣的各位讀者，我會努力撰寫出最棒的第四集，還請大家繼續支持《我想成為影之強者！》這部作品！

最後是致謝的部分。

在書籍化業務上全方位協助我的責編大人、替我描繪超精美插圖的東西老師、以精緻設計讓本書更增添一分色彩的BALCOLONY的荒木大人，以及支持我的各位讀者。真的非常感謝各位。

那麼，我們第四集再見吧！

逢沢大介

作者

逢沢大介

實體書第三集和
漫畫版第一集順利出版了。
由衷感謝一直為我
加油打氣的各位讀者。

插畫

東西

不才敝人年紀尚輕，沒什麼東西好說。
只有繼續磨練一途。

國家圖書館出版品預行編目資料

我想成為影之強者! / 逢沢大介作 ; 咖比獸譯. --
初版. -- 臺北市 : 臺灣角川, 2020.06-
冊 ; 公分. -- (Kadokawa fantastic novels)
譯自 : 陰の実力者になりたくて!
ISBN 978-957-743-825-6(第2冊 : 平裝). --
ISBN 978-986-524-067-7(第3冊 : 平裝)

861.57 109005105

我想成為影之強者！ 3

（原著名：陰の実力者になりたくて！ 3）

2020年11月26日 初版第1刷發行
2023年6月19日 初版第5刷發行

作　　者：逢沢大介
插　　畫：東西
譯　　者：咖比獸

發 行 人：岩崎剛人
總 編 輯：蔡佩芬
副 主 編：楊鎮遠
美術設計：宋芳茹
印　　務：李明修（主任）、張加恩（主任）、張凱棋

發 行 所：台灣角川股份有限公司
地　　址：104台北市中山區松江路223號3樓
電　　話：（02）2515-3000
傳　　真：（02）2515-0033
網　　址：www.kadokawa.com.tw
劃撥帳戶：台灣角川股份有限公司
劃撥帳號：19487412
法律顧問：有澤法律事務所
製　　版：尚騰印刷事業有限公司
ＩＳＢＮ：978-986-524-067-7